로크미디어가
유혹하는
재미있는 세상
ROK
MEDIA
로크미디어

평행세계 속의 먼치킨

평행세계 속의 먼치킨 5

2023년 6월 7일 초판 1쇄 인쇄
2023년 6월 12일 초판 1쇄 발행

지은이 운천룡
발행인 강준규

기획 이기헌 왕소현 박경무 강민구 조익현
책임편집 주현진
마케팅지원 이원선

발행처 (주)로크미디어
출판등록 2003년 3월 24일
주소 서울시 마포구 마포대로 45 일진빌딩 6층
Tel (02)3273-5135 **Fax** (02)3273-5134
홈페이지 rokmedia.com **E-mail** rokmedia@empas.com

값 9,000원

ISBN 979-11-408-0715-4 (5권)
ISBN 979-11-408-0705-5 04810 (세트)

평행세계 속의 먼치킨

운천룡 퓨전 판타지 장편소설

5

CONTENTS

1장

존이 신경질을 내면서 옆을 바라봤지만, 시몬은 멍한 얼굴로 뒤를 보고 있었다.

자꾸 자신에게 귀찮게 묻는 사람이 시몬인 줄 알았는데 그의 표정을 보니 아닌 것 같았다.

시몬의 멍한 눈빛을 따라 존의 시선도 천천히 이동하기 시작했다.

"왜 대답을 안 해? 왜 쫓기냐고?"

그리고 존의 눈에 들어온 사람은 바로 영웅이었고, 그는 팔짱을 낀 채 둘을 내려다보고 있었다.

"헉! 콜록! 콜록!"

"컥! 쿨럭! 쿨럭!"

너무나도 놀란 나머지 사레가 걸렸는지 연신 기침을 해 대는 두 사람이었다.

그들의 눈은 이미 커질 대로 커진 상태였다.

동그랗게 뜬 눈으로 연신 영웅을 위아래로 훑어보고 있었다.

"그만 좀 볼래? 살짝 기분 나빠지려고 하는데?"

존이 용기를 내서 입을 열었다.

"꿀꺽, 지, 진짜입니까? 화, 환상이 아니고 진짜입니까?"

그 모습에 영웅이 피식 웃으며 말했다.

"그래, 진짜야. 리얼 미, 오케이? 안 믿기면 좀 만져 줄까? 보통 이런 상황에선 현실인지 알기 위해 자신의 몸을 때린다더라고. 고통을 느끼면 현실인 것을 알게 되니까. 어때, 화끈한 고통을 원해?"

영웅이 소매를 걷으며 다가가자, 존과 시몬이 기겁해서 재빨리 손사래를 치며 애절하게 외쳤다.

"저, 절대로 아닙니다! 믿습니다! 정말로 현실이라는 것을 굳게 믿습니다!"

"저, 저도 믿습니다!"

둘의 모습에 영웅이 재밌는지 연신 실실거리며 말했다.

"그래도 나를 배신하겠다는 생각은 안 했나 보네? 그건 기특하군."

영웅의 칭찬에 둘의 표정이 밝아졌다.

이유는 모르겠지만 영웅이 있다는 것만으로도 마음이 편안해지고 조금 전까지 느꼈던 위기감이 전혀 느껴지지 않았다.

신기했다.

영웅이 나타나기 전까지만 해도 둘은 전전긍긍, 불안함에 떨고 있었다.

하지만 지금은 그런 기분이 전혀 느껴지지 않았다.

둘은 이 일을 계기로 자신들이 영웅을 얼마나 믿고 의지하고 있는지 알게 되었다.

콰쾅-!

쿠르르르-!

그때 그들이 있는 건물 천장에 커다란 구멍이 나면서 수십 명의 사람이 떨어져 내렸다.

수십 명의 사람은 각자 정해진 자리가 있는지 절도 있는 동작으로 존과 시몬이 있는 곳을 넓게 포위하며 무언가를 꺼내 들었다.

그리고 얼굴의 오른쪽 절반을 가린 사람이 망토를 펄럭이며 천천히 하강했다.

오른쪽 절반을 가렸음에도 그의 아름다운 외모가 눈에 들어왔다.

세상의 모든 여성을 홀릴 것 같은 미모의 남성.

"하하하, 우리가 우습게 보이셨나 봅니다. 이렇게 대놓고 자신들이 있는 위치를 노출시키실 줄이야. 역시 대범하시다고 해야 하나요?"

남자는 목소리조차 아름다웠다.

"비, 빌어먹을……. 네놈은 데이비드……."

"역시 네놈이었군."

아름다운 청년의 이름은 데이비드였다.

그의 등장에 존과 시몬이 긴장하기 시작했다.

"짐작하고 계셨을 텐데요? SSS급을 잡는데 설마 어중이떠중이들을 보냈겠습니까? 길드를 배신했을 때 저를 만날 거라고 예상하신 거 아닌가요? 아, 해링턴이 올 것이라 예상하셨나요?"

데이비드의 말에 존과 시몬이 마른침을 꿀꺽 삼켰다.

그때 뒤에서 영웅의 말이 들려왔다.

"쟤는 또 누구냐?"

"네! 블랙맘바에서 가장 강한 세 명 중 한 명인 프리레전드급 데이비드라는 자입니다."

존이 아주 공손한 자세로 영웅에게 대답했다.

데이비드가 그 모습을 보고는 신기하다는 표정을 지었다.

"오호, 길드 내에서도 잔혹하고 남 아래 있는 것을 죽기보다 싫어하는 것으로 소문난 자들이 저렇게 공손하게 대하는 자라…… 혹시 저자인가요? 그대들이 배신을 한 이유가?"

데이비드의 질문에도 존과 시몬은 쉽사리 말하지 못했다.

자신들이 대답할 수 있는 문제가 아니었다.

그런 둘의 마음을 아는지 영웅이 고개를 끄덕이며 대신 대답해 주었다.

"그래, 나 때문이지. 내가 꼬셨다. 내 밑으로 오라고. 넌 뭔데 내 소중한 수하들을 괴롭히는 거냐?"

영웅의 말에 존과 시몬이 화들짝 놀란 표정으로 그를 바라보았다. 그들의 표정에는 감동이 가득했다.

지금 이 순간 존과 시몬은 영웅을 영원히 따르겠다고 다짐했다.

한편, 데이비드는 여전히 웃는 얼굴로 영웅을 바라보았다.

"그래요? 저들이 꼬신다고 쉽게 넘어가는 분들이 아닌데……. 아무튼 이 모든 원흉이 바로 당신이라는 것이군요?"

"그래."

영웅의 대답에 데이비드의 입가에 더욱 진한 미소가 지어졌다.

"그럼 죽어야죠."

그 말과 동시에 데이비드의 손에서 무언가가 보이지도 않는 속도로 영웅을 향해 날아갔다.

핑-! 팅-!

문제는 그것이 영웅의 몸에 맞고 그냥 튕겨 나갔다는 것이다.

느낌도 나지 않았는지 영웅이 팔짱을 끼고 물었다.

"뭐 했냐?"

분명히 공격을 했는데 영웅은 아무렇지도 않은 모습으로 서 있었다.

데이비드가 고개를 갸우뚱거렸다.

"이상하네? 분명히 명중한 것 같은데?"

아무리 생각해도 맞은 것 같은데 이상했다.

뭔가 특이한 술법을 쓰는 자일지도 모른다는 생각이 들었다.

'그렇군. 술법사인가? 환술사? 무언가 술법을 사용해서 저들을 현혹했나 보군.'

그것이면 말이 되었다.

자신이 아는 존과 시몬은 절대로 누군가에게 충성을 맹세할 자들이 아니었으니까.

"환술사?"

데이비드가 영웅을 뚫어지게 바라보면서 중얼거리자 영웅이 자신을 가리키며 말했다.

"뭐? 나?"

"그 잠깐 사이에 저를 현혹하셨나 보군요. 대단하십니다. 왜 저들이 넘어갔는지 알 것 같습니다."

말을 들어 보니 자신을 지칭한 것이 맞았다.

"뭐라는 거냐? 쟤?"

영웅이 어이가 없다는 표정으로 데이비드를 가리키며 존

과 시몬에게 물었다.

하지만 그건 존과 시몬도 마찬가지.

어찌해야 그런 결론이 나온단 말인가.

영웅이 그러거나 말거나 자신의 생각이 맞다고 확신한 데이비드가 웃으며 말했다.

"뭐가 되었든 이제는 벌을 받아야 할 시간입니다. 부디 반성하는 마음으로 경건하게 받으시길 바랍니다."

데이비드는 진중하게 말하고 있었지만, 영웅은 깐죽거릴 뿐이었다.

"와, 진짜 오글거리네. 쟤는 저게 멋있다고 지금 지껄이는 거지?"

그 소리에 데이비드의 이마에 핏줄이 솟아났다.

"당신은 그 입이 문제인 것 같군요. 첫 만남에 이러긴 싫지만, 그 빌어먹을 주둥이부터 찢어 버리고 시작해야겠습니다."

데이비드의 눈이 붉게 변하면서 그의 망토가 펄럭이기 시작했다. 그와 동시에 주변을 포위하고 있던 자들이 손에 들고 있던 것을 펼쳤다.

화악-!

손에 들고 있던 것은 바로 각성자들을 제압하는 아이템이었다.

하나로는 큰 힘을 발휘하지 못하지만, 지금처럼 이렇게 원

안에 가두고 수십 개를 집중적으로 사용하면 아무리 SSS급이라도 힘을 쓰지 못했다.

데이비드는 그것을 막아 주는 아이템을 착용하고 있었고, 또 범위 밖에 있었기에 영향을 받지 않았다.

사실 이런 아이템을 쓰지 않아도 데이비드 혼자서 존과 시몬을 제압할 수 있었다.

하지만 이렇게 아이템으로 제압하면 굳이 힘을 사용하지 않아도 되기에, 누군가를 잡으러 가거나 벌을 줄 때 데이비드가 자주 사용하는 방법이었다.

"크으윽!"

"제길!"

몸에 힘이 빠져나가 고통스러운지 연신 신음을 내뱉는 존과 시몬이었다.

그런 그들을 보며 영웅이 고개를 흔들고 손을 휘저었다.

후웅-!

가벼운 손짓이었지만 결과는 그렇지 않았다.

푸학-!

"크학!"

"커헉!"

"으윽!"

콰당탕탕-!

주변을 둘러싸고 각성자가 힘을 쓰지 못하게 만드는 아이템을 들고 있던 수십 명의 사람들이 추풍낙엽처럼 쓸려 나갔다.

데이비드 역시 엄청난 기운에 살짝 몸을 휘청일 정도였다.

"크윽! 뭐, 뭡니까, 당신!"

데이비드는 경악했다.

각성자를 제압하는 아이템을 썼는데도 이런 위력을 발휘하는 인간이라니.

지금까지 듣도 보도 못한 일이었다.

더욱이 자신이 누구인가.

신의 반열에 오르는 단계인 프리레전드였다.

그런 자신에게 이런 충격을 안겨 주다니!

"오호라! 이걸 버텨? 제법이야."

오히려 영웅이 놀란 눈으로 데이비드를 바라보았다.

데이비드는 처음이었다.

자신을 바라볼 때 저런 눈빛을 하는 자는 지금까지 본 적이 없었다.

"으드득! 그 눈빛, 마음에 들지 않는군요."

데이비드가 입술을 살짝 깨물더니 자신의 망토로 몸을 가렸다.

그러고는 빙글 돌면서 망토를 활짝 펼쳐 냈다.

좌르르르르르르-!

그와 동시에 그의 몸에서 검은 연기가 영웅을 향해 엄청난 속도로 날아가기 시작했다.

그것은 연기가 아니라 셀 수도 없이 많은 가느다란 암기들이었다. 머리카락 굵기의 가느다란 암기들은 마치 한의학에서 사용하는 침의 모양을 하고 있었다.

데이비드는 이 많은 암기에 자신의 강력한 기운을 불어 넣었다.

그 결과 저 가느다란 암기 하나의 파괴력은 사람 크기의 바위를 가루로 만들 정도가 되었다.

그런 위력을 가진 암기 수천 개를 뿌렸고, 그것이 지금 영웅을 향해 날아가고 있었다.

그런데 웬걸.

영웅을 향해 날아가던 암기들이 투명한 벽에 부딪힌 것처럼 더 앞으로 나가지 못하고 공중에서 머물렀다.

"이익! 뭐, 뭐야! 크윽!"

데이비드가 기운을 더 불어 넣어 암기들을 전진시키려 애썼지만, 소용이 없었다.

암기들은 정말로 꿈쩍도 하지 않은 채 공중에 둥둥 떠 있었다.

데이비드가 영문을 몰라 당황하고 있을 때, 던진 암기들의 움직임이 이상해지는 것을 느꼈다.

암기들이 자신의 제어에서 벗어나는 느낌이 들기 시작한 것이다.

그리고 그 느낌은 현실이 되었다.

공중에 떠 있던 미세한 암기들이 서서히 고개를 돌려 데이비드를 향했다.

"미친! 불가능이다! 이, 이건 있을 수 없는 일이야!"

태어난 이래로 이렇게 이해가 안 되는 장면을 본 것은 지금이 처음이었다.

자신이 누구인가?

신이라 불리는 레전드 등급을 바라보는 프리레전드였다.

그런 자신이 사용한 기술을 이름도 없는 자가 아무렇지도 않게 막은 것도 모자라, 그것을 빼앗았다.

"이런 경험은 없지?"

영웅이 씩 미소를 지으며 물었다.

"방금 그 기술 맘에 들어서 나도 따라 해 봤는데, 어때? 괜찮아?"

"내, 내 기술을 보는 것만으로…… 따라 했다고? 믿을 수 없다. 아니, 네놈은 환술사가 맞구나! 언제 나에게 환술을 걸었느냐! 으아아아악!"

데이비드는 영웅이 자신에게 환술을 걸었다고 착각하며 몸부림치기 시작했다.

자신의 기술을 막은 것도 모자라서 그대로 따라 하는데 그것을 믿을 사람이 과연 몇이나 될까.

옆에서 보는 시몬과 존 역시 데이비드의 말에 동의할 정도로 엄청난 광경이었다.

"마, 맙소사……. 존, 자네는 저게 믿어져?"

"말 시키지 마……. 지금 나도 안 믿기니까."

결국, 둘은 자신의 눈앞에서 펼쳐진 엄청난 광경에 입을 다물지 못하고 멍하니 바라만 보았다.

영웅이 얼마나 강하고 무서운 인간인지는 전에 경험하여 익히 알고 있었지만, 지금 보니까 자신들이 영웅에 대해 알고 있는 것은 극히 일부분일 뿐이었다.

답도 안 나오는 무적의 신체에 말도 안 되는 무력.

거기에 악당을 능가하는 잔혹함에 뛰어난 두뇌까지.

그런데 그것으로 모자라 이제는 다른 이의 기술을 단 한 번 보고 그대로 습득해 버린 것이다.

사실 영웅도 자신에게 이런 능력이 있는지 몰랐다.

자신이 활동하던 세상에는 이런 능력자들이 없었기 때문에 경험할 일이 없었다.

게다가 영웅이 다른 이의 기술을 익히려고 익힌 게 아니었다.

적이 기술을 쓴 그 순간 영웅의 몸과 머리가 알아서 그대로 습득해 버린 것이다.

그리고 영웅이 저 기술을 내 것으로 만들겠다는 의지를 가지고 더 집중해서 보면 적이 가진 기술의 능력치보다 더욱 강한 기술로 재탄생해 영웅의 것이 되었다.

지금도 같은 경우였다.

영웅은 데이비드의 기술을 집중해서 보았고 그를 능가하는 위력의 기술을 습득한 것이다.

그것을 고대로 데이비드에게 돌려주었다.

“환술은 무슨. 자, 그대로 돌려줄 테니 직접 느껴 봐. 환술인지 아닌지 말이야.”

좌르르르르르르-!

영웅에게 날아갔던 수만 개의 미세 암기가 데이비드를 향해 되돌아갔다.

“FXXX!”

말도 안 되는 상황에 데이비드가 욕을 하며 자신을 향해 날아오는 암기들을 다시 제어해 보려 악을 쓰기 시작했다.

“비, 빌어먹을! 트리플 배리어!”

우우웅-!

결국 제어에 실패한 데이비드가 피하기엔 늦었다고 생각했는지 배리어를 삼중으로 펼쳤다.

자신의 기술을 정말로 따라 했다면 배리어 한 개로는 막는 것이 힘들다는 걸 잘 알기에 이렇게 삼중으로 펼친 것이다.

쩡-!

암기들과 첫 번째 배리어가 부딪치며 엄청난 소리를 내었다.

쩌적-!

엄청난 충격에 데이비드가 고통을 참아 내며 경악했다.

"크윽! 비, 빌어먹을! 말도 안 돼! 지, 진짜라고? 환술이 아니라? 제, 젠장 할!"

첫 번째 배리어에 금이 가기 시작하자 현실이라는 것을 깨달은 데이비드가 더욱 힘을 주어 첫 번째 배리어를 복구하기 시작했다.

그러자 암기들이 일제히 빙글빙글 돌며 마치 드릴처럼 배리어를 파고들었다.

그 모습을 데이비드가 놀란 눈으로 바라보았다.

자신은 한 번도 저런 식으로 사용하겠다고 생각해 본 적이 없었기 때문이다.

아니, 저런 식으로 변형하는 것은 기의 소모가 엄청나기에 시도조차 할 수 없었다.

물론 저런 변형을 일으킬 정도의 적을 만난 적도 없지만.

"미, 미친!"

데이비드의 격한 반응에도 그가 뿌린 미세 암기들은 드릴처럼 맹렬하게 회전하고 있었다.

가각-!

회전력까지 담긴 암기들의 힘에 데이비드의 배리어가 서서히 뚫리기 시작했다.

그그그그그극-!

"제, 제발! 마, 막혀라!"

데이비드의 얼굴이 새빨갛게 변해 가고 있었다.

프리레전드가 된 후로 이렇게 간절해 본 적이 있던가?

아무리 생각해도 그런 적은 없었다.

아니, 프리레전드가 되기 전에도 이렇게 간절해 본 기억은 없었다. 인생을 살아오면서 지금처럼 간절하게 하늘을 찾은 것도 처음이었다.

쩡-!

그런 데이비드의 간절함이 하늘에 닿지 않았는지 첫 번째 배리어가 유리 깨지듯이 깨져 나갔다.

이제 선택해야 했다.

자신의 모든 힘을 폭발시켜 저것을 치우고 영웅의 시야를 가린 후에 빠져 나가든지, 아니면 항복을 하든지.

하지만 후자는 절대로 있을 수 없는 일이었다.

훗날 데이비드는 이렇게 말했다.

그때 항복을 선택했어야 했다고.

그러나 미래를 모르는 데이비드는 결국 첫 번째를 선택했다.

"크윽! 이것을 사용하는 날이 올 줄은 몰랐는데, 젠장!"

데이비드는 품 안에 손을 집어넣고 무언가를 다급하게 꺼냈다.

일일이 찾을 정신이 없었기에 주머니에 있는 것들을 그대로 전부 꺼낸 데이비드는 그중에서 카드 하나를 집어 들었다.
"초월의 힘!"
데이비드의 외침에 카드에서 빛이 퍼져 나왔다.
그리고 그 빛이 데이비드를 덮치고, 동시에 그와 융화되기 시작했다.
데이비드의 머리카락 색이 하얗게 탈색되었다.
그 모습을 보던 시몬과 존이 영웅에게 외쳤다.
"조심하십시오! 초월의 힘입니다!"
"미친! 저걸 가지고 있었다고?"
둘의 다급한 외침에 영웅이 고개를 갸웃거리며 물었다.
"저게 뭔데? 그렇게 말하면 내가 어떻게 알아!"
그 대답을 듣기 전에 정면에서 폭음과 함께 엄청난 기운이 영웅을 향해 몰려들었다.
쿠아아앙—!
후우우웅—!
시몬과 존은 그 힘에 밀려 한참 뒤로 날아갔고, 영웅은 눈이 초롱초롱해진 채 새로운 현상을 지켜보았다.
엄청난 기의 폭풍으로 인해 영웅이 날렸던 암기들은 사방으로 흩어졌고, 그곳에는 하얗게 탈색된 머리를 휘날리며 자신의 손과 몸을 바라보는 데이비드가 있었다.
"크크큭! 이런 힘이라니…… 대단하군."
그러곤 자신에게 생긴 엄청난 힘에 만족하며 영웅을 노려보았다.

"인정하지. 나에게 이 카드까지 사용하게 하다니."

"그게 뭔데?"

"크크크, 내 수명을 힘으로 바꿔 주는 카드다. 덕분에 지금도 수명이 깎여 나가고 있지. 너와 이렇게 이야기를 하는 와중에도 말이야."

"그래? 그럼 빨리 덤벼. 더 깎이기 전에."

"그럴 것이다. 그래도 확실하게 하고 가야지. 각성 모드!"

파하학-!

데이비드의 외침에 눈 깜짝할 사이에 웜홀 속 세상에서 착용하는 아이템들이 그에게 장착되었다.

"크크크크, 알고나 죽어라! 내 몸에 장착된 이 아이템들은 전부 신화급이라는 것을."

파앙-!

그와 동시에 영웅을 향해 돌진하는 데이비드였다.

"죽어!"

피유웅-!

데이비드의 손에는 어느새 시퍼런 빛으로 둘러싸인 가느다란 세이버가 들려 있었다.

세상 모든 것을 뚫어 버릴 것 같은 속도와 위력으로 영웅의 몸통을 향해 날아가는 세이버.

데이비드는 자신의 세이버가 영웅의 몸을 꼬치 꿰듯이 뚫어 버릴 것을 의심하지 않았다.

입가에 미소가 감돌려는 그때.

팍-!

영웅이 검지와 중지로 데이비드의 세이버를 아주 가볍게 잡아 버렸다.

푸하하항-!

그와 동시에 세이버에 맺혀 있던 기운이 사방으로 퍼져 나가며 돌풍을 일으켰다.

하지만 영웅의 손에 잡힌 세이버는 단단한 바위에 꽂히기라도 한 듯 꿈쩍도 하지 않았다.

"어억!"

데이비드는 그 모습에 엄청난 충격을 받았다.

모든 것을 동원했다.

각성 모드로 자신이 가진 아이템들을 모조리 착용했고, 그것도 모자라서 자신의 생명을 담보로 초월의 힘까지 사용했다.

거기서 끝이 아니었다.

모든 공격력을 세 배로 증폭시켜 주는 자신의 애검 세이버에 모든 힘을 모아 찔렀음에도 통하지 않은 것이다.

"방금 건 좀 따끔했어."

말도 안 되는 소리다.

방금 그 기술은 레전드 등급들도 피해야 하는 기술이다.

그런데 그것을 다른 것도 아닌 손가락으로 가볍게 잡은 것이다.

게다가 따끔했다니!

보통은 따끔함을 느끼기도 전에 저세상으로 간다.

그 모습에 주변에 있던 모든 이가 경악했다.

데이비드가 데려온 블랙맘바의 사람들은 눈을 비비거나 자신들의 허벅지를 꼬집으며 이것이 현실인지 파악하려고 애쓰고 있었다.

그러거나 말거나 영웅이 다정한 목소리로 입을 열었다.

"시간이 지날 때마다 생명이 깎인다니, 이쯤에서 제압해 볼까?"

누가 들으면 데이비드를 정말로 생각해서 하는 소리로 오해할 말을 태연하게 하고 있었다.

하지만 데이비드는 그런 것을 신경 쓸 정신이 없었다.

너무도 충격적인 광경에 정신이 나가려고 했다.

나가려던 정신은 다행히도 금방 돌아왔다.

퍼억-!

"커헉!"

바로 영웅의 한 방에 말이다.

"이제부터 내 차례인데 정신이 나가면 안 되지."

그러다가 조금 전 충돌로 일어난 폭풍에 힘없이 날아간 시몬과 존을 바라보며 물었다.

"아까 그 초월의 힘은 어떻게 멈추지?"

영웅의 질문에 존이 재빨리 정신을 차리고 대답했다.

"시간이 지나면 알아서 사라집니다!"

"아! 그런 거야? 난 또 죽을 때까지 쭉 이어진다고."

그럴 리가 없지 않은가.

생명이 사라지는 게 끔찍해서 모두 꺼리는 아이템이 바로 초월의 힘이었다.

그런데 죽을 때까지 이어지면 누가 그것을 사용하겠는가.

"어찌 되었든 초월 머시기 때문에 죽지는 않는다는 거지?"

영웅은 데이비드에게 행복한 미소를 지으며 입술을 핥았다.

그 모습을 바라보는 시몬과 존은 누가 적이고 악당인지 헷갈릴 지경이었다.

자신을 그런 눈으로 바라보든 말든 영웅은 데이비드의 다리부터 작살을 냈다.

빠각-!

그런데 반응이 없었다.

정신이 나간 것이다.

"어라? 얘 왜 기절했어?"

아까 딱 한 대 아주 살짝 때렸는데 기절한 것이다.

사실 그 전에 엄청난 충격으로 몸과 마음이 붕괴되고 있었고, 거기에 초월의 힘으로 인해 몸에 과부하가 걸린 상태였기에 작은 충격만으로도 정신이 날아가 버린 것이다.

당연히 영웅이 그것을 알 리 없었다.

그리고 기절했다고 그대로 편하게 놔둘 영웅이 아니었다.

“리스토어.”

영웅의 외침에 시몬과 존이 본능적으로 움찔했다.

사실 저 기술은 사람을 치유하는 기술이었다.

하지만 저것만큼 무서운 기술도 없었다.

어떤 상태든 원상태로 돌려놓는 사기 기술.

당하는 처지에서는 영웅이 가진 모든 기술 중에서 저 기술이 가장 무서운 기술이었다.

죽지도 못하고 기절도 안 된다. 아무리 몸이 걸레가 되도록 맞아도 저 기술이면 다시 원상태로 돌아간다.

정말 고문에 특화된 악마의 기술이었다.

영웅의 리스토어에 정신을 차린 데이비드는 멍한 표정으로 주변을 두리번거렸다.

“정신이 들어?”

그러다가 뒤에서 들려오는 목소리에 고개를 돌리는 데이비드.

그의 눈에 반달눈으로 웃으며 자신을 바라보는 영웅이 보였다.

“허헉!”

그 순간 데이비드의 정신이 온전해졌다.

모든 게 기억난 것이다.

데이비드는 재빨리 영웅과 거리를 벌리고 손을 겹쳐 영웅을 조준했다.

하지만 데이비드의 시도는 성공하지 못했다.

짜악—!

털썩—!

순식간에 거리를 좁힌 영웅이 그의 뺨을 내려쳤고 데이비드는 그 한 방에 바닥에 주저앉았다.

프리레전드를 보유한 국가는 다른 나라가 함부로 할 수 없었다.

프리레전드라는 이름이 그렇게 만들었다.

세계에서 내로라하는 대도시들을 손쉽게 쑥대밭으로 만들 수 있는 괴물들.

현대의 무기가 통하지 않을뿐더러 초인적인 능력까지 지닌 자들이 바로 프리레전드였다.

그런 프리레전드가 지금 뺨 한 방에 무릎을 꿇었다.

전 세계에 단 세 명만 존재한다는 레전드 등급도 이렇게 뺨 한 방으로 프리레전드를 제압하진 못한다.

그런데 그것을 영웅은 아무렇지도 않게 하고 있었다.

“정신 못 차렸네.”

“이익!”

데이비드가 노려보자, 영웅은 즐거운 미소를 지으며 말했다.

"독한 놈이구나? 즐길 맛이 나는 놈이네."

"무, 무슨 소리냐?"

짜악-!

콰당탕탕-!

다시 날아온 뺨따귀에 데이비드가 힘없이 날아가 구석에 처박혔다.

저벅저벅.

영웅이 데이비드를 향해 천천히 걸어갔다.

데이비드가 힘겹게 몸을 일으키며 자신에게 걸어오는 영웅에게 재차 공격을 날렸다.

"크윽! 데스 스피어!"

쯔앙-!

자욱한 먼지 사이로 빨간색 빛줄기가 영웅을 향해 날아갔다.

텅-!

빛줄기는 영웅의 가슴팍을 때리더니 굴절되어 다른 방향으로 틀어졌다.

쿠콰콰콰콰쾅-!

우르르르-!

굴절되어 밖으로 튕겨 나간 빛줄기가 지면에 닿자 거대한 폭발을 일어나고 지면이 크게 울렸다.

어둠이 내린 이곳을 대낮같이 환하게 만든 폭발이 연속으로 터져 나오고 있었다.

그런 엄청난 폭발력을 지닌 공격을 맞은 영웅은 아무렇지도 않은 듯이 빛줄기가 지나간 가슴을 툭툭 털어 내고 말했다.

"발악도 제법 하고."

하얀 이가 드러나는 미소에는 정말로 즐거움이 가득 담겨 있었다.

다른 이들은 모르겠지만 데이비드의 눈에 비친 그의 모습은 진짜로 세상에 강림한 악마와도 같았다.

그래도 여기서 이렇게 포기할 순 없었다.

자신은 프리레전드였다.

"으아아악! 이대로 무너지지 않는다! 나는 프리레전드다! 아아악! 컬렉티브 파이어!"

빰을 맞기 전에 영웅에게 시전하려 했던 기술이었다.

데이비드는 자신의 두 손을 겹쳐 영웅을 조준하고 기술을 시전했다.

한곳에 모든 힘을 집중하여 발사하는 최강의 필살기였다.

쯔아아앙-!

아까보다 더 굵은 빛줄기가 영웅을 향해 일직선으로 쏘아졌다.

쯔즈즈즈즈즈즈즈즈증-!

이번은 튕겨 나가지 않고 영웅의 가슴에 직격했다. 마치 용접기로 용접을 하듯 데이비드의 공격이 영웅의 가슴팍을 끊임없이 지지고 있었다.

하지만 영웅의 얼굴에서 고통스러움은 전혀 보이지 않았다.

오히려 뭐랄까, 기분 좋은 미소를 짓고 있었다.

그때, 영웅이 등을 돌렸다.

그리고 몸을 이리저리 움직이며 데이비드의 공격이 등 부위 곳곳에 맞도록 했다.

쯔즈즈즈즈즈즈즈즈증-!

"아! 시원하다."

이게 뭔 소리란 말인가?

공격을 당하는데 시원하다니?

"이 집 마사지 잘하네."

세상에 프리레전드의 필살 기술을 직격으로 맞으면서 한다는 소리가 저거였다.

영웅은 정말로 시원해하고 있었다.

뜨끈뜨끈하면서 타격까지 주니 뭉친 근육이 정말로 풀리는 기분이었다.

"와, 진짜 좋다."

파악.

빛줄기가 사라지고 혼이 나간 표정으로 영웅을 바라보는 데이비드였다.

그런 그에게 영웅이 고개를 돌리며 말했다.

"한 번 더 해 주면 안 되나? 살짝 덜 풀린 것 같은데."

영웅이 진심으로 말했지만, 데이비드의 귀에는 전혀 들어가지 않았다.

데이비드는 깨달은 것이다.

자신이 아무리 발버둥 쳐도 이길 수 없는 괴물이라는 것을 말이다.

"다, 당신은…… 레전드 등급인가?"

데이비드가 충격으로 갈라진 목소리로 물어 왔다.

영웅이 고개를 저으며 말했다.

"아닌데?"

"그, 그럼? 서, 설마? 아직 아무도 도달하지 못했다는…… 신급인가?"

"아닌데?"

"아니라고? 그, 그럼 뭐냐…… 도대체 넌 뭐냔 말이다! 정체가 뭐길래 이런 말도 안 되는 힘을 가지고 있냐는 말이다!"

데이비드가 악을 쓰며 말하자 영웅이 그에 대한 답변을 해 주었다.

"나? 일반인."

"뭐?"

"일반인이라고. 각성 못 했는데?"

"마, 말도 안 돼……."

"말이 왜 안 돼. 여기 있는데."

데이비드는 믿기지 않았다.

어찌 일반인이 이런 강함을 가지고 있단 말이던가.

멍하니 주저앉아 있는 데이비드에게 다시 천천히 걸어가는 영웅이었다.

데이비드는 영웅이 오든지 말든지 신경조차 쓰지 않고 연신 무언가를 중얼거리고 있었다.

"말도 안 돼……. 말도 안 돼……."

정신이 다시 나가려 하고 있었다.

"안 되지. 안 돼."

영웅이 재빨리 데이비드의 머리를 잡자 손에서 밝은 빛이 뿜어져 나오기 시작했다.

"끄아아아아악!"

갑자기 데이비드가 머리를 움켜쥐고 비명을 지르며 데굴데굴 구르기 시작했다.

다들 이게 지금 무슨 상황인지 몰랐지만, 괜히 소리를 냈다가는 불똥이 자신들에 날아올까 봐 숨죽인 채 그냥 바라보고만 있었다.

사람들의 궁금증을 해결해 줄 모양인지 영웅이 친절하게 설명해 주었다.

"정신을 놓으려고 하면 그 고통이 찾아올 거야. 집중해라. 그래야 고통이 안 오니까."

괴물인 데다 악마였다.

정신을 잃으려는 사람에게 저렇게 고통을 주어서 정신을 못 잃게 하다니.

저건 사람이 생각할 수 있는 방법이 아니었다.

기절하는 사람은 건드리지 않는 것이 불문율 아니었던가?

문제는 저게 끝이 아니었다.

빠각—!

정신을 차린 데이비드에게 또 다른 고통이 찾아왔다.

"끄아아아아악!"

그는 이번엔 자신의 다리를 붙잡고 데굴데굴 구르기 시작했다.

진정 악마였다.

정신을 차려도 고통이었고 잃어도 고통이었다.

빠져나갈 수 없는 지옥의 시작이었다.

"너는 독종인 것 같으니까 오늘 밤새도록 즐겨 보자."

영웅이 즐거움 가득한 미소를 지었다.

데이비드에겐 기나긴 지옥의 밤이 시작되었다.

당하는 사람도 그것을 지켜보는 사람도 모두가 지옥 같은 밤 말이다.

광란의 밤이 지나고 아침 해가 밝았다.

"흐음, 이게 각성자의 은총의 또 다른 부위라고?"

"그, 그렇습니다! 제, 제가 드리는 마음의 성의입니다!"

데이비드가 빠릿빠릿한 동작으로 무언가를 건넸고 영웅은 그것은 연신 이리저리 돌려 보고 있었다.

영웅의 손에 들려 있는 것은 신발이었다.

"킁킁, 냄새가 조금 나는데?"

"제, 제가 다, 당장 빨아 오겠습니다!"

"그럴래?"

"네! 맡겨만 주십시오! 새것처럼 말끔하게 씻어 오겠습니다!"

"그래. 그럼 그렇게 해."

영웅이 다시 신발을 데이비드에게 던져 주자 데이비드가 신줏단지 모시듯 아주 공손하게 그것을 들어 올렸다.

"좋아, 원하던 것을 주었으니 이번 한 번은 너그러이 넘어가지."

이게 밤새도록 사람을 수십 번을 죽여 놓은 사람의 입에서 나올 소리란 말인가?

영웅의 저 말에 데이비드는 욕이 목구멍까지 올라왔지만, 꾹 참았다.

어제의 일은 두 번 다시는 경험하고 싶지 않은 지옥이었기 때문이다. 다시 그걸 경험해야 한다면 자신은 이 자리에서 바로 자진할 것이다.

문제는 죽고 나서 오래 지나지 않았다면 되살릴 수 있는 영웅의 리스토어였다.

괴물 같은 인간에게 저런 미친 기술이 있다니.

마지막으로 눈을 떴을 때 데이비드는 생각했다.

절대로 영웅에게 개기지 않겠다고.

절대복종하겠다고 마음먹었다.

어차피 벗어날 수 없다면 차라리 그의 아래에 들어가 그의 맘에 드는 것이 이 지옥 같은 경험을 피할 수 있는 길이었기 때문이다.

처음에 반항한 이유는 자신의 등급을.

그 뒤로 계속 반항한 이유는 자신의 조직을 믿었기 때문이다.

하지만 지금은 아니다.

등급이고 조직이고 다 소용없었다.

블랙맘바 1백 개가 몰려와도 이길 수 없었다.

데이비드가 생각하는 영웅의 존재는 그런 존재였다.

영웅은 그런 데이비드에게 물었다.

"생각해 보니 처음부터 너희랑은 악연이네. 아무래도 이거 정리를 한번 하고 넘어가야겠는데?"

“그, 그렇습니다! 저, 저도 그렇게 생각합니다.”

“어디냐? 너희 본부.”

“제가 안내하겠습니다!”

“거기 가면 다 있냐?”

“그, 그것은 잘…….”

데이비드가 순간 멈칫하며 선뜻 대답하지 못하자 영웅이 방법을 알려 주었다.

“비상이라고 전해. 조직의 존폐가 걸려 있다고 막 호들갑을 떨란 말이야. 대신 너무 강하게 떨면 안 되고 조직의 역량을 총동원하면 막을 수 있을 것 같은 뉘앙스를 풍기면서. 뭔 말인지 알지?”

악마였다.

진정으로 영웅은 악마였다. 블랙맘바도 저런 짓은 하지 않았다.

하지만 그것을 겉으로 내색하는 실수는 하지 않았다.

영웅의 말에 데이비드가 고개를 격하게 끄덕였다.

“연기 잘해라. 혹시라도 눈치채고 도망가면…… 어제 있었던 일이 그리운 것으로 간주하겠어.”

어제 있었던 일이라는 소리에 데이비드의 동공이 세차게 흔들리기 시작했다.

곧바로 그 자리에서 엎드리며 말했다.

“무, 무슨 일이 있어도 꼭 서, 성공하겠습니다!”

영웅은 다른 블랙맘바 애들에게도 말했다.
"너희도 잘해라, 알았지? 잘못하면 간접경험이 아니라 직접경험이니까."
"알겠습니다!"
"맡겨 주십시오!"
전 세계를 골치 아프게 하는 어둠의 단체 중 하나인 블랙맘바 조직원들이 영웅의 앞에서 순한 양, 아니 주인에게 무조건적인 충성을 보내는 개와 같은 모습을 하고 있었다.
"좋아. 믿어 보겠어. 다 모이면 연락하고."
"네!"
"가 봐."
영웅이 가라고 했음에도 데이비드는 선뜻 움직이지 못하고 머뭇거렸다.
"왜? 뭐 잊은 거 있어?"
"아, 아닙니다. 저, 저희를 뭘 믿고 이렇게 쉽게 보내 주시는지?"
"응? 내가 믿긴 뭘 믿어. 다 믿는 구석이 있으니까 보내 주는 거지."
"미, 믿는 구석이라 하심은?"
데이비드의 말에 영웅이 씩 웃으며 말했다.
"왜, 여기 빠져나가자마자 배신하게?"
"아, 아닙니다!"

"아냐, 배신해도 돼. 다만 각오는 하고 배신해라, 알았지?"

"절대 그럴 생각 없습니다."

"한번 생각해 봐."

"네? 뭐, 뭐를 말입니까?"

"배신하겠다고 생각해 보라고."

"아, 아닙니다! 왜 이러십니까!"

데이비드가 울먹이며 말했다.

"울지 말고 그냥 생각만 해 보라고."

영웅의 표정을 보니 자신을 시험하는 것 같진 않았기에 데이비드는 두 눈을 질끈 감고 영웅을 배신하고 빠져나가겠다고 생각했다.

그 순간 어제의 그 고통이 온몸을 휘감았다.

"끄아아아아아악!"

밤새도록 굴러서 파인 바닥에 데이비드의 몸이 다시 합쳐졌다.

잠시 동안 지옥 같은 고통을 다시 경험한 데이비드가 멍한 얼굴로 영웅을 바라보았다.

"배신하려면 해. 그 고통을 죽지도 못하고 평생 경험하고 싶으면."

환하게 웃는 악마를 보며 데이비드는 자신의 뇌리에서 배신이라는 단어를 영원히 삭제했다.

데이비드를 보낸 영웅이 시몬과 존을 데리고 각성자 협회를 찾았다.

"뭔가 좋은 일이 있으신 모양입니다."

"응. 즐길 거리를 찾았거든."

"즐길 거리요?"

"아! 그러고 보니 이건 너에게도 좋은 일이겠네."

"제게도 말입니까? 하하, 무엇입니까?"

"블랙맘바, 그놈들 정리 좀 하려고. 자꾸 귀찮게 하는 게 짜증 나서 안 되겠어. 주변을 얼쩡거리는 파리는 빨리 잡아야 해."

"네? 블랙맘바요? 아, 아니, 갑자기 왜?"

"데이비드라고 알아?"

"다, 당연히 알지요! 프리레전드 아닙니까!"

"응, 그놈이랑 만났거든."

"헐…… 그, 그래서요?"

"응, 가서 준비하라 그러고 보냈어."

"뭐를 말입니까?"

"내가 간다고, 준비하라고."

영웅의 말에 연준혁이 어이가 없다는 표정으로 잠시 바라보았다.

그러다가 정신을 차리고 말했다.

"만, 만일 데이비드 그자가 블랙맘바 사람들을 모조리 데리고 도망가면 어쩌려고 그러십니까?"

"아마 그러진 않을걸. 안 그러냐?"

영웅이 시몬과 존을 바라보며 말하자 그들이 부동자세로 우렁차게 대답했다.

"그렇습니다!"

"미치지 않고서야 절대 그럴 리가 없습니다!"

시몬과 존은 어제 데이비드가 당하는 것을 보고 살짝 잊고 있었던 영웅의 무서움을 다시 기억해 냈다.

거기에 밤새도록 시각적으로 받은 고통은 이루 말할 수 없을 정도였다.

자신들이 당하고 있는 게 아닌데도 직접적으로 맞는 것 같은 고통이 연신 느껴졌다.

아마도 경험이 있기에 동질감에 고통이 느껴진 것이리라.

연준혁은 둘의 반응을 보고 어제 무슨 일이 있었는지 직감했다.

그런 연준혁의 눈빛을 본 영웅이 웃으며 그의 궁금증을 해결해 주었다.

"아, 어제 좀 쥐어팼거든. 배신하면 어제 맞은 거 다시 한다고 했지."

영웅의 말에 연준혁이 멍한 표정을 지었다.

세상천지에 프리레전드를 저리 말하는 사람은 영웅이 유일할 것이다.

연준혁은 영웅에게 진심으로 맞아 본 적이 없기에 정확하게 이해하지 못했다.

다만 한때 자신과 같은 등급이었던 시몬과 존의 반응을 보며 어렴풋이 짐작할 뿐이었다.

“가만, 그러고 보니 알렉스가 안 보이네? 알렉스는?”

“아, 무언가 깨달음을 얻었다길래 수련동으로 안내해 줬습니다.”

정신이 없는 통에 알렉스의 존재를 까맣게 잊고 있었던 영웅이었다.

연준혁의 대답에 고개를 끄덕이고는 이곳에 온 목적을 이야기했다.

“당분간 얘네도 여기서 머물 수 있게 좀 해 줘. 내 사람이 된 거나 다름없으니 크게 경계하지 않아도 될 거야.”

“알겠습니다.”

무엇 때문인지 묻지도 않고 곧바로 대답하는 연준혁을 바라보며 빙긋 웃었다.

“그럼 나는 이만 가 볼게. 데이비드한테는 준비가 끝나면 너한테 연락하라고 했으니까, 그때 나한테 연락해 줘.”

“알겠습니다. 살펴 가십시오!”

연준혁에게 손을 흔들고, 자신을 향해 고개를 숙이고 있는 시몬과 존의 어깨를 토닥이고 밖으로 나가는 영웅이었다.
영웅이 사라지고 연준혁이 물었다.
"무슨 일이 있었는지 들어 볼 수 있을까요?"
연준혁의 말에 시몬과 존이 서로를 바라보더니 비장한 표정으로 고개를 끄덕였다.
"마음의 준비를 하시오. 그리고 술도……."

각성자들이 넘쳐 나는 세상인 이곳에서 가장 큰 힘을 발휘하는 집단은 바로 그 각성자들이 속해 있는 길드나 문파였다.
각국마다 자신의 나라를 대표하는 길드가 존재했고, 양질의 길드가 많은 국가일수록 강대국 대접을 받았다.
물론 레전드 등급을 보유한 나라는 예외였다.
레전드 등급은 그 자체로 재앙이었으니까.
한국에는 문파라는 이름으로 각성자 단체들이 존재했다.
그중에서 가장 강한 문파가 천지회였고, 그다음이 레드 그룹이었다.
그리고 세 번째가 백호문이었다.
백호문에는 연준혁의 딸인 연호정이 소속되어 있었다.
연호정은 얼마 전부터 부쩍 수심이 깊은 얼굴로 한숨을 쉬는 날이 많아졌다.

연호정의 특성은 소환 계열이었다.

그녀의 옆에는 소환된 화룡이 한숨을 쉬고 있는 그녀의 손을 핥으며 위로해 주고 있었다.

"하아."

깊은 한숨과 함께 푸른 하늘을 바라보고 있을 때 뒤에서 누군가가 말을 걸어왔다.

"사매, 그러다가 땅 꺼지겠다."

깜짝 놀라서 뒤를 돌아보니 백호문의 첫째 제자이자 대사형인 김두열이 뒷짐을 지고 서 있었다.

"아! 대사형, 언제 오셨어요."

"아까 전부터 뒤에서 지켜보고 있었다. 내가 오는지도 모를 정도로 심각한 고민인 것이냐?"

연호정은 김두열의 물음에 어색한 미소를 지으며 고개를 숙였다.

"한국 최강자 연준혁 협회장님의 따님이시자 우리 백호문의 자랑스러운 수제자께서 그런 기운 없는 표정이라니."

연호정.

그녀가 백호문에 들어온 가장 큰 이유가 바로 김두열이었다.

조각 같은 얼굴에 다부진 몸매.

모든 이를 포용하고 이끄는 리더십을 지닌 남자로 성격마

저 쾌활했다.

친화력도 엄청나서 몇 번 만나지 않더라도 금세 친해졌다.

모르긴 몰라도 웬만한 문파의 후계자들하고는 호형호제하며 친하게 지내고 있을 것이다.

인기가 많은 만큼 경쟁자도 많았다.

게다가 그에 못지않은 친화력을 지닌 연호정이었지만 이상하게 김두열의 앞에 서면 입이 떨어지지 않았다.

지금도 그랬다.

직접 자신을 찾아와 이렇게 다정하게 물어보는데도 말이 나오지 않았다.

그녀의 심장은 언제 고민했냐는 듯 심하게 요동치고 있었다.

"사매, 고민이 있으면 혼자서 끙끙거리지 말고 털어놔 봐. 혹시 알아? 나에게 해결책이 있을지?"

그때, 어둠 속에서 또 다른 남자가 스르륵 나타났다.

"우리 사매가 남자한테 차였나 봅니다."

갑자기 나타난 검은 도복의 남자가 입가에 미소를 지으며 말하자, 김두열이 고개를 갸웃거리며 물었다.

"넌 갑자기 나타나서 뭔 개소리야?"

갑자기 나타난 남자.

백호문주의 두 번째 제자 정인호였다.

정인호의 등장에 연호정이 화들짝 놀라며 소리쳤다.

"이사형!"

"깜짝이야! 왜?"

"가, 갑자기 왜 그, 그런 이, 이상한 소리를 하고 그러세요?"

"후훗, 시치미 떼는 것이냐? 너 통화하는 거 들었다. 소개팅인가 미팅인가 나간다고 하던데?"

"이사형! 남의 통화는 왜 엿듣고 그러세요!"

"아니, 난 들으려고 들은 게 아니고……."

'이게 아닌데…….'라는 표정으로 당황하는 정인호를 째려보고는 재빨리 그곳에서 빠져나가는 연호정이었다.

"호정아!"

정인호가 그녀를 불렀지만 이미 연호정은 저 멀리 사라지고 난 뒤였다.

"쯧쯧, 너는 왜 이렇게 눈치가 없냐?"

"에이, 평소에 활달한 호정이 아닙니까. 이렇게 놀리면 언제나 웃으며 맞받아치거나 오히려 저를 궁지에 몰곤 했기에 그냥 한 말인데……. 저렇게 심각하게 반응할 줄은 몰랐습니다."

뒷머리를 긁적이는 정인호를 바라보며 김두열 역시 고개를 끄덕였다. 자신도 연호정의 성격을 잘 알기 때문이다.

"그 남자에게 크게 데였나?"

"에이, 호정이 성격 아시잖습니까. 호정이가 데이게 했으면 했지 데였으려고요."

"아니야. 너도 방금 호정이 반응 봤잖아. 아무래도 이번엔 진짜 거 같다."

"그럼 진짜로 우리 호정이가 남자 놈한테 상처를 받고 왔다고요?"

정인호의 말에 김두열이 고개를 끄덕였다.

"아무래도 그놈을 만나 봐야겠어."

"네에? 만나서 뭐 하려고요? 왜 호정이한테 상처를 줬냐고 뭐라 하려고요?"

"그럼 안 되냐?"

"하아, 대사형, 그건 너무 갔습니다. 남녀 사이에 그럴 수도 있는 거지, 거기에 대고 대사형이 가서 뭐라 하면 호정이 입장이 뭐가 됩니까? 집에 쪼르르 와서 이른 것밖에 더 됩니까?"

"끄응! 그, 그렇다면 좀 지켜볼까?"

"그러시죠. 아직 확실한 것도 아니지 않습니까."

이들은 몰랐다.

연호정이 저렇게 당황하며 도망간 이유가 무엇인지.

김두열은 그것이 자신 때문이라는 것은 꿈에도 모른 채 걱정 가득한 얼굴로 연호정이 사라진 방향만 바라보았다.

영웅은 지금 난감한 상황에 직면해 있었다.

정하준과 이시우가 자신을 뚫어져라, 아니 노려보고 있었기 때문이다.

카페로 나오라 해서 나왔는데 다짜고짜 말도 없이 이렇게 노려만 보고 있는 것이다.

결국, 참다못한 영웅이 한숨을 쉬며 말했다.

"뭔데? 뭐가 문젠데?"

"너…… 호정 씨한테 뭐 했어?"

"뭐?"

"호정 씨한테 뭘 했길래 며칠째 두문불출하고 있다고 연락이 와?"

이게 무슨 소리란 말인가?

영웅은 가만히 기억을 더듬어 갔다.

무림에서 온 지 얼마 되지 않아 이곳에서 있었던 자잘한 일들은 까맣게 잊고 있었던 영웅이었다.

"아! 미팅!"

"그게 '아! 미팅!'이라고 할 정도로 오래된 일이냐?"

이들의 반응이 이런 것은 무림의 시간과 이곳의 시간이 다르기 때문이다.

실제로 이곳에서의 시간은 그리 많이 흐르지 않았다.

"그런데 두문불출이라니? 이야, 그런 어려운 단어도 알아?"

"뭐, 당연…. 이게 씨! 나 무시하냐? 아니지, 그게 아니지. 말 돌리지 말고! 뭘 했길래 호정 씨가 연락 두절이냐고!"

"아무것도 안 했어! 아! 어떤 놈팡이들이 납치하려고 하길래 도와주긴 했다."

"뭐? 그런 엄청난 일이 있으면 신고를 했어야지. 그러다가 큰일이라도 나면 어쩌려고 그래!"

천하의 영웅을 걱정하는 친구들이었다.

그 마음에 영웅은 기분이 좋아져서 피식하고 웃었다.

"이게 지금 웃어? 너 사태가 얼마나 심각한지 모르는구나?"

영웅은 이게 지금 무슨 소린가 싶어 고개를 갸우뚱거리며 되물었다.

"뭔 사태?"

"아, 씨! 미연 씨가 호정 씨 데리고 안 오면 더는 안 만나주겠다잖아!"

"나도! 우리 혜경 씨도 호정 씨 찾아오라고 성화다!"

"그걸 왜 너희한테 찾아오라고 해?"

"마지막으로 통화했을 때 나온 이야기가 너였대! 너 때문에 머리가 아파서 당분간 연락 못 할 것 같다고 그랬다더라."

"뭐, 뭐라고? 나 때문에 왜 머리가 아픈데?"

영웅이 놀란 눈으로 두 사람을 번갈아 바라보다가, 문득 그때 상황이 기억이 났다.

아마도 머리가 아픈 이유는 엄청난 광경을 본 것 때문일 터였다.

'가만, 그때 그 여자…… 준혁이 딸이랬나?'

기억이 났다.

자신을 협회장의 딸이라고 했었다.

연준혁의 딸이라는 생각하니 더는 남이 아니었다.

정말로 무슨 일이 생겼다면 연준혁을 무슨 얼굴로 본단 말인가.

영웅의 표정이 굳었다.

"거 봐. 너도 걱정되지?"

영웅이 고개를 끄덕였다.

"우리 같이 가 보자. 내가 주소 받아 왔어."

이시우의 말에 영웅이 어이가 없는 표정으로 바라봤다.

"주소는 어디서?"

"호정 씨 다니는 학과 조교한테 뇌물 좀 썼지."

"헐……."

하여튼 준비성과 실행력이 남다른 놈이었다.

결국, 영웅이 고개를 저으며 말했다.

"그래, 가자. 가 보자."

경기도 양평 용문산 중턱에 백호문이 자리 잡고 있었다.

백호문의 정문 앞에서 세 명의 남자가 문지기와 실랑이를 하고 있었다.

"아! 진짜라니까요!"

"호정 씨가 걱정돼서 찾아온 거 맞다니까요. 도대체 몇 번을 말합니까!"

이시우와 정하준이 답답한 표정으로 말하자, 문지기 역시 답답한 표정으로 똑같은 말을 반복했다.

"아, 그러니까 그분께 전화해서 직접 오시라고 하든가, 아니면 그분께서 초대를 하셨다는 증표를 달라고요! 저 역시 몇 번 말합니까!"

"아! 전화를 안 받는다고요! 아니, 전화를 안 받는데 어떻게 부릅니까!"

그렇게 한참을 실랑이를 하고 있을 때 누군가가 도복을 펄럭이며 천천히 땅으로 내려왔다.

그 모습에 이시우와 정하준이 마른침을 꿀꺽 삼키고 입을 다물었다.

"무슨 소란이냐?"

갑자기 나타난 남자가 짐짓 엄한 목소리로 묻자 문지기가 고개를 숙여 말했다.

"대, 대사형! 이분들이 갑자기 약속도 잡지 않고 들이닥쳐서 연호정 님을 뵙고 싶다고 합니다. 증표도 없고 전화 통화도 안 되시는데 계속 우기니 저도 미칠 노릇입니다."

문지기의 말에 백호문의 대사형, 김두열이 고개를 돌려 문 앞에 있는 세 남자를 바라보았다.

그에 이시우와 정하준이 고개를 돌려 그의 시선을 외면했다.

영웅만이 그와 정면으로 눈을 마주쳤다.

"우리 호정이와는 무슨 관계이신가?"

심기 불편한 표정으로 영웅을 노려보며 묻는 김두열이었다.

그에 영웅이 대답했다.

"그녀와 미팅을 했던 사람입니다. 연락이 되지 않아 걱정이 되서 왔다고 하면 되겠습니까?"

영웅의 답변에 김두열의 표정이 변했다.

'이놈인가? 제 발로 찾아오다니…… 차라리 잘되었다. 이 기회에 무슨 상황인지 알아보자.'

안 그래도 유달리 예뻐하는 사매가 최근에 기운이 없어 보여서 걱정이 많았는데, 그 원인이라고 생각되는 놈이 알아서 찾아온 것이다.

"아하, 그러시군. 어찌 되었든 손님이라는 말이군요. 절 따라오시지요. 제가 안내하겠습니다."

김두열의 말에 문지기가 당황했다.

"대, 대사형! 저, 절차라는 것이 있는데 이렇게 맘대로 하시면……."

"절차라는 것은 각성자들이 찾아왔을 때나 하는 것이지. 봐라. 일반인들이다. 일반인들이 이곳에서 무엇을 하겠느냐?"

"그, 그것은 그렇지만."

"넌 다 좋은데 그놈의 고지식이 문제다. 내가 고치라고 몇 번을 말하느냐?"

"시, 시정하겠습니다."

"되었고. 어서 문이나 열어라."

"네!"

끼이이익.

오래된 문이라는 것을 알려 주기라고 하듯이 요란한 소리가 나면서 문이 활짝 열렸다.

"쯧쯧, 경첩에 기름칠 좀 하라고 몇 번을 말하느냐. 손님들 올 때마다 내가 다 창피하다, 진짜. 다른 이들이 우리 문파를 뭘로 보겠느냐."

"시, 시정하겠습니다."

"다음에 또 소리 나면 알지? 네 위로 내 밑으로 전부 집합이다."

"힉! 아, 알겠습니다!"

그렇게 문지기에게 잔소리를 퍼붓고는 영웅 일행을 바라

보며 환하게 웃는 김두열이었다.

“자, 자, 안으로 드시지요.”

영웅과 친구들은 김두열의 안내를 받으며 백호문의 안으로 들어섰다.

밖에서의 소란을 들었는지 많은 이가 나와서 지켜보고 있었다.

시선이 사방에서 느껴졌다.

김두열을 따라간 곳은 문파에서 손님을 대접하기 위해 만든 접객당이었다.

“이곳에서 잠시 기다리고 계시면 제가 사매를 데리고 오겠습니다.”

그 말에 정하준이 떨리는 목소리로 말했다.

“아, 아니, 우리는 그냥 호, 호정 씨가 별일 없는지만 확인하고 가, 가면 되는데요.”

“마, 맞습니다. 지, 지금 말하시는 것을 들으니 따, 딱히 벼, 별일은 없어 보이는데 이, 이만 가 보면 안 될까요?”

이 둘이 이렇게 긴장을 하고 떠는 것은 다 이유가 있었다.

각성자들이 대우를 받는 세상이었다.

각성자들 자체가 귀족인 세상이었다.

그런 세상에서 일반인들은 불청객이고 평민이었다.

언제 어떤 해가 닥칠지 몰랐기에 이렇게 무서워하는 것이다.

그에 반해 영웅은 아주 평온한 얼굴로 방 안을 구경하고 있었다.

그 모습에 김두열이 속으로 웃으며 생각했다.

'생각보다 담이 큰 놈이군. 무공을 가르치면 제법 성취가 있겠어.'

그리 생각하고는 떨고 있는 둘에게 말했다.

"하하, 걱정하지 마십시오. 금방 데려오겠습니다. 그래도 여기까지 호정이 안부를 걱정해서 찾아오셨는데, 어찌 그냥 보내 드리겠습니까? 차라도 한잔 대접해야 제 마음이 편하니, 너무 부담 갖지 마시고 드시길 바라겠습니다."

부담이 안 갈 리 없었다.

둘의 귀에는 '처먹지 않으면 가만두지 않겠다!'로 들렸는지 정신없이 호록거리며 차를 마셨다.

그 모습에 영웅이 재밌는지 피식거리며 웃었다.

폰에 카메라가 있었다면 당장 찍고 싶은 풍경이었다.

어서 폰에 카메라를 달아서 출시해야겠다고 생각하는 영웅이었다.

그 모습을 잠시 지켜보던 김두열 역시 피식 웃고는 고개를 저으며 밖으로 나갔다.

밖으로 나온 김두열은 경공을 사용해서 연호정이 수련하고 있는 곳으로 날아갔다.

후웅-!

저 멀리서 화룡이 한껏 자태를 내뿜으며 불을 뿜고 있었다.

어찌나 뜨거운지 경공을 사용해서 날아가는 김두열에게까지 열기가 전해졌다.

"사매!"

김두열의 부름에 순식간에 화룡이 사라지고 놀란 눈으로 바라보는 연호정만 남았다.

"대, 대사형?"

갑자기 자신을 찾아온 김두열을 어리둥절한 표정으로 바라보는 연호정이었다.

"사매를 찾아온 사람이 있어."

"네? 저를요? 찾아올 사람이 없는데?"

2장

김두열은 미팅을 한 남자들이라고 하려다가 그러면 다른 곳으로 피할 것 같아서 친구라고 둘러 댔다.

"친구들이라던데?"

"네?"

"연락이 안 돼서 찾아왔다고 하더라고."

그 소리에 연호정은 전에 블랙맘바와 전투 때 자신의 휴대폰이 박살 난 것을 기억해 냈다.

"아! 이런 멍청이! 폰이 박살 난 것을 까맣게 잊고 있었네."

영웅과의 만남이 워낙에 충격적이었기에 휴대폰을 생각할 겨를이 없었다는 것이 더 정확했다.

연호정은 금세 표정이 환해졌다.

그래도 친구들이 자신 때문에 이 험한 곳까지 찾아와 준 거 아닌가.

그녀가 미소를 지어 보이자 김무열은 다시 오해하기 시작했다.

'원, 녀석. 저리도 좋을까.'

오래간만에 보는 사매의 미소에 김무열 역시 기분이 좋아졌다.

"어, 어서 가요!"

연호정이 다급하게 경공을 사용하며 날아가자 김두열이 고개를 끄덕이며 그 뒤를 따랐다.

그렇게 먼저 도착한 연호정이 접객당 문을 벌컥 열어젖혔다.

'허허, 녀석, 참! 뭐 그리 급하다고.'

연신 흐뭇한 표정으로 날아가는데 무언가 분위기가 이상했다.

멀리서 봐도 연호정이 몸을 부들부들 떠는 게 아무래도 심상치 않아 보였다.

김두열은 무언가가 잘못된 것을 직감하고 다리에 기운을 집중해서 순식간에 연호정이 있는 곳으로 이동했다.

그곳에 도착해서 본 연호정의 표정은 공포였다.

AAA급 각성자인 연호정이 일반인을 보고 공포에 떨고 있었다.

이상함을 느낀 김두열이 접객당 안을 들여다보니 두 명은 쓰러진 채로 잠들어 있었고, 다른 둘과는 달리 연신 태연한 모습을 유지하던 영웅만이 당당하게 서 있었다.

영웅은 연호정을 만나기 전에 이시우와 정하준을 재워 두었다.

괜히 쓸데없는 이야기를 듣고 자신을 오해할까 싶어 그랬다.

"오랜만……이라고 해야 하나?"

"여, 여긴 어, 어떻게?"

연호정이 떨리는 목소리로 묻자 영웅이 미소를 지으며 말했다.

"이놈들이 하도 성화를 피워서 말이야. 당신 친구들이 그쪽과 연락이 안 된다고 가 보라고 했다더군. 별일 없어 보이니 다행이네."

"가, 감사합니다. 그, 그냥 그, 그때 핸드폰이 바, 박살이 나서…… 죄, 죄송합니다!"

"죄송할 것까진 없고……. 친구들이 걱정하니 친구들에게 무사히 있다고 전화 한 통씩 해 주겠어?"

"무, 물론이에요! 지, 지금이라도 당장……."

그렇게 부들부들 떨면서 대답하고 있는데 자신의 어깨로 따스한 기운이 흘러 들어오는 것이 느껴졌다.

연호정의 고개가 자연스럽게 돌아갔다.

거기엔 굳은 표정의 대사형이 자신에게 기운을 불어 넣어 주며 영웅을 잡아먹을 듯한 기세로 바라보고 있었다.

그 모습에 연호정은 가슴이 철렁하고 내려앉는 기분이었다.

지금 대사형은 저 앞에 남자를 적으로 인식하고 있는 것이다.

안 된다.

지금 자신의 앞에 있는 저 남자는 괴물이다.

재앙이었다.

자연재해 같은 존재였다.

연호정이 재빨리 말리려 할 때 김두열이 먼저 입을 열었다.

"저놈이었군. 그동안 사매를 한숨 쉬게 만든 인간이…… 지금은 귀여운 우리 사매를 공포에 떨게까지 하다니."

아뿔싸!

대사형의 말투에서 냉기가 풀풀 흘러나오고 있었다.

절대적으로 말려야 했다.

안 그랬다간 자신이 사랑하는 남자가 이 세상에서 소멸될 수도 있었다.

"대, 대사형! 뭐, 뭔가 오해를 하고 있으신 것 같은데 일단 제 이야기를 먼저……."

"오해? 누가 봐도 지금 사매를 공포에 떨게 만드는 사람이 바로 저자인데?"

"그, 그건……."

뭐라 답을 해야 할지 난감했다. 저 남자 때문에 공포에 떨고 있는 것은 엄연한 사실이었으니까.

그리고 자기도 모르게 하마터면 괴물이라고 말할 뻔했다.

문제는 방금 연호정의 반응을 대사형 김두열이 긍정으로 받아들였다는 것이다.

맞는 말이기에 차마 대답하지 못하고 우물쭈물한 것이리라.

"초면에 미안하지만, 우리 사매가 이렇게 공포에 떨고 있는 이유를 물어도 될까?"

김두열의 입에서 하대가 튀어나왔다.

또한, 그의 몸에서는 엄청난 기세가 흘러나왔다.

엄청난 기세에 영웅이 고개를 흔들며 말했다.

"뭔가 오해를 하고 계신 것 같은데, 오히려 그쪽 사매를 구해 준 게 접니다. 그러니 이런 대접은 예의가 아닐 텐데요."

영웅의 말에 연호정이 정신을 차리고 재빨리 자신의 대사형의 앞으로 나서서 그를 말렸다.

"사, 사실이에요. 저분은 저를 구해 주신 은인이에요. 그러니 이러지 마세요."

"정말이냐?"

“네, 정말이에요! 제가 두려움에 떨었던 것은 그 당시 기억이 떠올라서지, 저분 때문이 아니에요.”

김두열이 연호정의 눈을 지그시 바라보았다.

어느새 공포가 사라진 그녀의 눈은 자신을 또렷하게 바라보고 있었다.

문제는 김두열의 마음이었다.

오히려 이렇게 또렷한 눈으로 영웅을 변호하자 이상하게 더 기분이 상하기 시작했다.

자신의 기분이 왜 이런지 이해할 수 없었다.

사매가 저자를 감싸는 게 왜 기분이 나쁜지 그 이유를 알 수 없었다.

그저 불같은 무언가가 가슴속에서 확 하고 일어나는 기분이었다.

“대, 대사형.”

“…….”

“대사형!”

“……일단은 사과하지. 하지만 전부 믿지는 않아.”

“허…… 나도 그렇게 좋은 성격은 아니라서 말이지. 더 무례하게 행동하면 내가 어찌 변할지 모르겠는데?”

영웅의 경고에 연호정의 얼굴에 핏기가 가시면서 새하얗게 탈색되기 시작했다.

연호정의 입장에서는 미칠 노릇이었다.

오늘따라 자신의 대사형이 왜 이러는지 알 수가 없었다.
절대로 이런 사람이 아니었는데 이상하게 오늘은 유달리 날카로웠다.
"대사형!"
"넌 조용히 하거라."
싸늘한 목소리에 연호정이 더는 말을 잇지 못했다.
"붙어 보면 알겠지. 우리 호정이를 정말로 구해 주었는지 말이야. 그럴 힘이 있는지 내가 직접 보겠다!"
팟- 후웅-!
말이 끝남과 동시에 영웅을 향해 쇄도하는 김두열이었다.
"금종조!"
슈각-!
손가락을 갈고리같이 구부린 채 영웅을 향해 휘둘렀다.
영웅은 가볍게 피하며 말했다.
"아무래도 크나큰 오해가 있는 것 같은데. 대화로 해결할 생각이 없는 것 같군."
그런 영웅을 차가운 표정으로 바라보며 김무열이 입을 열었다.
"역시 피하는 자세를 보니 평범한 놈이 아니구나! 호정이에겐 무슨 의도로 접근한 것이냐!"
"의도?"
"비밀이 있지 않고서야 저들을 재우면서까지 이럴 이유가 없겠지."

김두열의 가리키는 곳에는 곤히 잠들어 있는 이시우와 정하준이 있었다.

영웅은 그제야 복합적인 것들이 모여서 크나큰 오해를 불러왔다는 사실을 깨달았다. 자신 같아도 뭔가 있다고 생각할 만한 상황이었다.

자신의 앞에 있는 남자에게 뭐라 할 수 없는 상황이랄까?

그렇다고 쉽게 해결이 될 상황도 아니었다.

김두열의 공격에 반격하지 않고 대화를 이어 나가고 있는 이유는 방금 공격에서 자신을 크게 다치게 할 마음이 없다고 느껴졌기 때문이다.

살기도 없었고, 자신을 향해 공격할 때 마지막에 적당히 힘을 빼기까지 했다.

심성이 착한 사람 같았다. 영웅은 그런 사람을 좋아했다.

결국 김두열을 다치게 하고 싶지 않은 영웅이 한숨을 쉬며 말했다.

"어찌해야 믿을까?"

"네놈의 정체를 밝혀라!"

"잠시 전화 한 통만 해도 될까? 나를 증명해 줄 유명한 자를 불러오겠다."

영웅의 말에 김두열이 잠시 고민하더니 고개를 끄덕였다.

그 옆에서 연호정이 안도의 한숨을 쉬었다.

다행히 심성이 착한 대사형이었기에 큰 사달을 피할 수 있었다.

그러는 한편 연호정은 영웅을 보며 고개를 갸웃거렸다.

누구에게 전화하는 것일까?

"나다. 도움이 좀 필요해서. 응, 그래. 여기 위치는……."

어딘가에 전화하더니 누군가를 부르는 영웅이었다.

"그래, 될 수 있으면 빨리 와 줘."

탁.

누군가에게 지시를 내리고는 김두열에게 말했다.

"나를 변호해 줄 사람을 불렀다. 그자가 올 때까지 좀 기다리면 안 되나?"

영웅의 말에 김두열 역시 고개를 끄덕였다.

저렇게까지 자신을 증명하려 하는데 기다려 주는 것이 예의라고 생각했다.

그래도 이유 없이 기분이 나쁜 것은 여전했다.

'이상하군. 오늘따라 내가 왜 이러지?'

김두열은 자신이 필요 이상으로 흥분했다는 사실을 깨닫고 고개를 저었다.

사실 그는 모르고 있었다.

자신이 이렇게 흥분하고 화를 낸 이유가 바로 연호정을 좋아하는 마음에서 비롯되었음을 말이다.

그가 기분이 나쁜 이유는 바로 질투였다.

그리고 연호정이 영웅을 감싸자 폭발한 것이었다.

어찌 되었든 그렇게 소강상태에 들어갔다.

그런데 하늘에서 우렁찬 소리가 들려왔다.

"어느 놈이냐!"

콰앙-!

거대한 인영이 바닥으로 떨어지면서 엄청난 모래바람을 일으켰다.

후웅-!

그 남자를 중심으로 동그랗게 바람의 파동이 퍼져 나갔다.

먼지를 잔뜩 일으키며 등장한 이는 바로 백호문의 문주인 김무성이었다.

그 뒤로 문파의 사람들이 우르르 달려오고 있었다.

"어느 놈이 침입했길래 우리 두열이의 기파가 이리도 거센 것이냐!"

아까 영웅에게 겁을 줘야겠다는 생각에 한껏 기세를 끌어 올린 것이 문파 전체에 퍼졌다.

평소였다면 조절해서 넓게 퍼지지 않게 조심했을 텐데 오늘은 욱하는 바람에 그것을 조절하지 못했다.

그 탓에 난을 치고 있던 김무성이 평상시와 다른 아들의 기운에 화들짝 놀라서 이렇게 달려온 것이다.

"네놈이구나!"

김두열이 미처 말릴 새도 없이 영웅을 향해 거대한 솥뚜껑 같은 손을 내미는 김무성이었다.
"백호질풍장(白虎疾風掌)!"
파아앙-!
백호 형상을 한 거대한 기운이 김무성의 손바닥을 벗어나 영웅을 향해 돌진했다.
콰쾅-!
"크윽!"
당연하게도 공격은 막혔다.
하지만 그것을 막은 이는 바로 김두열이었다.
무려 SS급인 김무성이 날린 장법이다.
그런데 S급인 김두열이 진짜 혼신의 힘을 다해 막은 것이다.
고통에 얼굴을 찡그리는 아들을 본 김무성이 화들짝 놀라 말했다.
"아닛! 이, 이게 무슨 짓이냐!"
"아, 아버지! 적이 아닙니다! 다짜고짜 그렇게 공격하는 버릇 좀 고치라고 몇 번을 말씀드립니까!"
김두열의 외침에 그제야 자신이 너무 흥분했다는 사실을 깨닫고 뒷머리를 긁적이며 한 발 뒤로 물러섰다.
그리고 자신의 공격을 정면에서 막은 아들을 걱정스러운 얼굴로 바라보았다.
"야, 약하게 했다고는 하나…… 그래도 괜찮으냐?"

"참, 빨리도 물어보십니다."

"미, 미안하다."

"하아, 아닙니다. 너희도 살기를 거둬라!"

김두열은 주변을 가득 메운 문도들에게도 엄하게 말했다.

"대사형, 걱정돼서 몰려온 애들한테 너무 박하신 거 아닙니까?"

백호문의 이사형인 정인호가 앞으로 나서며 서운함을 토로하자 김두열이 고개를 젓고 말했다.

"아니다. 내가 흥분한 나머지 과도하게 기세를 끌어올린 것이다. 더욱이 저자는 호정이의 은인이다."

"왜요? 왜 흥분을 하셨을까요? 우리 대사형께서?"

무언가를 느낀 정인호가 반달눈을 하고 김두열에게 천천히 다가가왔다.

그 모습에 김두열이 말을 더듬으며 말했다.

"무, 무엇이 말이냐! 호, 호정이가 무서워하니까 나도 모르게 흥분한 것이다."

"호정이가 무서워했다고요? 저자를요?"

그리 말하고 연호정을 바라보자 그녀가 고개를 세차게 저으며 말했다.

"아, 아니에요! 오해예요!"

"저분이 은인은 맞고?"

"네! 저를 위험에서 구해 주셨어요! 제 명예를 걸고 맹세

할 수 있어요!"

연호정의 말에 정인호가 대충 상황 파악이 되었다는 표정으로, 영웅이 있는 쪽으로 몸을 돌려 90도로 허리를 숙여 사과를 했다.

"죄송합니다. 우리 문파가 조금 다혈질에 급한 성격들만 모인 곳이라 이런 사달이 일어난 것 같습니다. 부디 너그러운 마음으로 사과를 받아 주시길 바랍니다."

그 모습에 영웅은 재밌다는 표정을 지으며 그들을 바라보았다.

특이한 문파였다.

착하디착한 인간들이 모였는데 성격은 급하다.

모르긴 몰라도 저 성격 때문에 손해를 많이 봤을 것 같았다.

영웅은 정인호를 바라보았다.

저자가 이 문파에서 군사 역할을 맡고 있을 것이다.

그 증거로 문주도 아니고 대사형도 아닌 자가 나와 저리 상황을 정리하는데, 아무도 그것을 뭐라 하는 자가 없었다.

오히려 문주가 어쩔 줄 몰라 하고 있었다.

재미난 곳이었다.

조금 전에 백호문주의 공격으로 느꼈던 불쾌함이 사라졌다.

"괜찮습니다. 저도 이렇게 갑작스럽게 찾아와서 본의 아니게 소란을 일으킨 점 사과드리겠습니다."

그 후로 영웅은 이곳에 온 이유를 정인호에게 설명했고 연호정 역시 그 옆에서 변호를 해 주었다.

모든 전후 상황을 들은 정인호가 크게 한숨을 쉬며 다시 사과했다.

"다시 한번 문파를 대신해 사과드립니다. 괜히 다른 분들까지 번거롭게 만들었군요."

영웅이 자신을 증명하기 위해 사람을 불렀다는 이야기에 정인호가 정말 미안한 표정을 지었다.

"미안하오. 내가 큰 오해를 했소. 이렇게 사과드리오."

문주인 김무성이 고개를 숙이며 사과했다.

영웅은 사과를 받아들였고 대충 상황이 다 해결된 것 같으니 이만 가 보겠다고 말했다.

하지만 김무성은 자신을 어찌 보고 그런 말을 하냐며 사죄의 뜻으로 거하게 대접하겠다고 영웅을 붙잡았다.

그리고 그때 하늘에서 두 명이 날아들었다.

"멈춰라!"

엄청난 속도로 바닥에 착지한 두 사람.

그 두 사람의 얼굴을 본 백호문의 사람들은 모두 놀란 눈이 되었다.

특히, 연호정이 반가움과 놀라움이 뒤섞인 눈으로 바라보았다.

그곳에 나타난 이들은 연호정의 아버지인 연준혁과 레드 그룹의 회장인 천민우였다.

천민우는 연준혁과 차를 마시다가 영웅의 연락을 옆에서 듣고 같이 따라온 것이다.

"연준혁 협회장! 여, 여긴 어인 일이시오? 거기에 천 회장까지?"

어리둥절한 표정으로 자신들을 바라보는 김무성을 아주 차가운 눈을 노려보는 연준혁과 천민우였다.

그 모습에 심히 당황한 표정으로 동공을 이리저리 굴리는 김무성이었다.

이들이 왜 이렇게 화가 난 것인지 짐작이 전혀 가지 않았기 때문이다.

"호, 혹시 내가 무슨 실수라도?"

김무성의 물음에 대답하지 않고 몸을 돌리더니 영웅이 있는 곳으로 달려가는 두 사람이었다.

왜 저자에게 가는지 이해가 안 가, 모두 의아한 얼굴로 상황을 지켜보았다.

그리고 그 얼굴은 곧 경악으로 가득 찼다.

"주군! 신 연준혁! 부르심에 대령했사옵니다!"

"신! 천민우! 주군의 부르심에 대령했습니다!"

둘의 입에서 나온 폭탄 같은 발언에 백호문의 모든 이가 입을 쩍 벌린 채 뒤로 나자빠졌다.

특히 연호정은 턱이 빠질 정도로 놀란 표정으로 서 있었다.

국내 최강이라 생각했던 아버지가 한 남자에게 허리를 숙이고는 주군이라 외치고 있었다.

꿈인지 현실인지 분간이 가질 않아서 자신도 모르게 허벅지를 꼬집어 보는 연호정이었다.

"이들이 나를 증명해 줄 사람들입니다."

영웅의 말에 김두열이 떨리는 동공으로 영웅과 연준혁, 천민우를 번갈아 바라보았다.

그런데 영웅의 말에 천민우가 분노하며 외쳤다.

"어느 놈이 감히 주군을 증명하라 마라 했단 말입니까!"

쿠오오오오오오오-!

천민우의 몸에서 활화산 같은 기세가 뿜어져 나왔다.

그 기세에 김무성이 더욱 경악했다.

천민우가 이끄는 레드 그룹이 대한민국 랭킹 2위인 이유가 그의 잠재력 때문이라는 어처구니 없는 이유였고 김무성은 항상 그게 불만이었다.

그런데 아니었다.

정말 사실이었다.

분명 S급으로 알고 있었는데 오늘 보니 S급이 아니었다.

자신보다 윗급의 각성자였다.

천민우가 내뿜는 엄청난 기세에 백호문의 모든 문도가 괴로워했다.

"그만."

영웅의 말에 순식간에 사라진 천민우의 기세.

그게 더 놀라웠다.

저런 경지의 각성자가 단 한마디에 자신의 기세를 거둬들인 것이다.

절대적인 복종이었다.

"준혁, 그대의 딸인가?"

영웅의 물음에 연준혁이 연호정을 바라보고는 다시 고개를 숙이고 대답했다.

"그렇습니다, 주군!"

"그대와는 인연은 인연이었군."

"네? 그게 무슨 말씀이신지?"

"나중에 딸에게 들어라."

"충!"

"나는 이들이 마음에 든다."

영웅의 한마디에 연준혁과 천민우의 날카로운 기세가 순식간에 잔잔해졌다.

"알겠습니다."

연준혁의 대답에 그의 등을 토닥이고는 잠들어 있는 자신의 친구들이 있는 곳으로 가는 영웅이었다.

"거참, 이상하네?"

"뭐가?"

"아니, 아무리 피곤하다고 그렇지, 어떻게 그렇게 딥 슬립을 할 수가 있냐는 거지."

"내 말이……. 우리가 택시에 탈 때까지 깨지 않고 잤다는 게 말이 되냐고."

"나는 잠귀도 밝아서 부스럭거리는 소리만 들어도 깨는 체질인데."

"이상하네."

"그치?"

이시우와 정하준이 연신 고개를 갸웃거리며 이상해하자 영웅은 속으로 웃었다.

사실 이들을 깨울까 하다가 더 깊게 재운 이유가 있었다.

아직은 자신의 정체를 밝히고 싶지 않았다.

정체를 밝히면 지금처럼 자신을 대하지 않을 것 같았다. 그렇게 되면 처음으로 만난 마음이 통하는 친구들을 잃는 것이다.

나중에 비록 헤어지게 되더라도 지금은 이 느낌을 좀 더 즐기고 싶었다.

"호정 씨는 전화했대?"

"그래. 내가 옆에서 똑똑히 들었다. 통화하는 것까지."

"아, 좀 깨우지."

"엄청 깨웠어! 너희 뺨도 때리고 물도 붓고. 야, 너희한테 큰일이라도 난 줄 알고 구급차까지 부르려고 했었어."

"그 정도야?"

"그래! 내 살다 살다 그렇게 죽은 듯 자는 놈들은 첨 봤다."

영웅이 연기를 하며 너스레를 떨자 둘은 뒷머리를 긁적이며 다시 고개를 갸웃거렸다.

"한 번도 이런 적이 없는데. 거참."

"거기 공기가 좋아서 그런가? 왜 그렇게 잤을까?"

"근데 개운하기는 하네."

"너도? 진짜 꿀잠을 자긴 했어. 요즘 잠을 통 못 자서 엄청 피곤했는데 피로도 풀리고, 지금 머리가 엄청 맑아진 기분이야."

"너도 그러냐? 나도! 가끔가다 한 번씩 오자. 여기가 진짜 명당인가 보다."

영웅은 이 둘의 대화 때문에 웃음이 터져 나오려 했지만 초인적인 힘으로 참아 냈다.

그 어떤 악인들과의 전투보다 지금이 더 힘들고 괴로웠다.

둘은 그러다가 영웅에게 사과했다.

"미안하다. 괜히 우리 때문에 너만 고생했네."

"아니야. 덕분에 좋은 추억거리도 생기고, 나름 재밌었다."

"그러지 말고 우리끼리 우정 여행이나 가자."

"그럴까? 올 겨울방학 때 어때?"

"좋지."

세 사람은 서울로 향하는 택시 안에서 연신 웃고 떠들었다.

한편, 백호문에서는 연준혁과 천민우가 문주와 김두열 그리고 연호정을 앉혀 놓고 이야기 중이었다.

그 옆에는 백호문의 군사 역할을 맡고 있는 정인호도 있었다.

그들은 영웅의 능력을 듣고 연신 땀을 흘렸다.

"그, 그게 정말입니까? 혀, 협회장님도 손을 쓸 수 없을 정도로 강하단 말입니까?"

"그렇습니다. 제 등급이 뭐로 보이십니까?"

"……SSS급 아니십니까? 온 국민이 다 아는 사실 아닙니까."

김무성의 말에 연준혁이 고개를 저었다.

연호정은 그런 아버지의 반응에 고개를 갸웃거렸다.

"아버지, SSS급 맞으시잖아요. 왜 고개를 저으세요?"

"아니다. 얼마 전에 레전드급으로 각성했다."

그 말에 순식간에 방 안이 고요해졌다.

레전드 등급의 각성자.

그것이 말하는 바는 컸다.

전 세계에서 네 손가락 안에 드는 최강자가 되었다는 소리였다.

"그, 그게 정말입니까?"

"아버지! 그게 정말이세요?"

그들의 반응에 연준혁이 고개를 끄덕였다.

"전부 사실이다. 주군께서 나를 레전드 등급으로 만들어 주셨지."

연준혁의 말에 옆에 있던 천민우 역시 고개를 끄덕이며 말했다.

"저 역시 주군께서 SSS급으로 만들어 주셨지요."

천민우의 말도 충격이었지만 그 전에 더 큰 충격을 받아서인지 상대적으로 덜 했다.

문제는 이들의 등급을 올려 줬다는 이가 영웅이라는 사실이었다.

"그, 그게 가능합니까? 어찌 인간이……."

"그분은 신입니다."

"맞습니다. 주군께선 신이십니다!"

둘은 광신도 같은 표정으로 다른 이들의 말을 정정해 주었다.

"허…… 대, 대단하신 분이군요."

그렇게 한참을 영웅에 대한 이야기를 하다가 화제가 전환되었다.

"그런데 넌 어쩌다가 주군과 알게 된 것이냐?"

연준혁의 말에 연호정이 영웅과 있었던 일들을 상세히 이야기해 주었다. 연호정의 이야기에 표정이 점점 밝아지는 사람이 있었다.

바로 김두열이었다.

정인호가 자신을 유심히 관찰하고 있다는 사실을 모른 채 즐거워하는 중이었다.

"블랙맘바라……."

"그들이 아버지께 무언가 요구할 것이 있었던 것 같아요. 또 그들에게 표적이 될까 싶어 함부로 나가지도 못하고 문파에 있었어요."

연호정의 말에 왜 그녀가 밖에 나가지 않고 문파 내에서 수련만 했는지 알게 되었다. 남자 때문이 아니었던 것이다.

"나한테 말을 하지 그랬어."

"죄송해요. 괜히 말씀드려서 심란하게 해 드릴까 봐요."

"하아, 주군께 또 큰 은혜를 입었군. 어찌 이 은혜를 다 갚는단 말인가."

연준혁이 한숨을 쉬며 말했다.

"이제 걱정하지 마라. 조만간에 블랙맘바는 세상에서 사라질 것이다."

"네? 블랙맘바는 한국 각성자 협회보다 강한 집단이잖아요."

"주군께서 그들을 적으로 규정하셨다. 조만간에 벌하러 가신다더군."

"아무리 그분이라도 블랙맘바는 쉬운 단체가 아니에요."

"이미 내로라하는 각성자들이 주군에게 당했다."

"네?"

연준혁은 영웅에게 당한 블랙맘바 소속의 각성자들을 줄줄이 말해 주었다.

워낙에 유명한 이들이었기에 따로 부연 설명을 하지 않아도 이들은 충분히 경악하고 놀라워했다.

"맙소사. 그, 그 사람들이 저, 정말로 그분에게 복속되었다고요?"

"그래. 매 앞에는 장사가 없더구나."

'매 앞에는 장사 없다.'라는 옛말이 정말 맞았다.

SSS급도 모자라 프리레전드까지 영웅의 엄청난 구타에 굴복했다니.

그 말에 소름이 돋은 김두열이었다.

정말 지옥 문 앞까지 갔다 왔다는 사실을 아주 절실하게 깨닫고 있었다.

"그런데 너는 어쩐 일로 미팅을 나간 것이냐? 맨날 두열이한테 시집가겠다고 노래를 부르던 것이."

"아, 아빠!"

"왜? 이제 두열이는 질린 것이야?"

또다시 나온 폭탄 발언에 장내가 술렁거렸다.

가장 큰 충격을 받은 사람은 역시 김두열이었다.

정신이 나간 표정으로 멍하니 앉아 있었다.

"그, 그런 말을 제, 제가 언제 했다고 그러세요!"

"뭔 소리냐? 내가 시집 안 가냐고 물으니까 대사형 아니면 혼자 산다며."

"그, 그건."

연준혁의 말에 김무성이 재빨리 다가와 그의 두 손을 꼭 잡으며 말했다.

"사돈!"

엄청난 덩치에 어울리지 않은 속도와 나긋나긋한 목소리였다.

그는 지금 이 순간이 자신의 가문과 문파에 있어 가장 중요한 순간이고, 절대로 놓쳐서는 안 될 기회라는 것을 느끼고 있었다.

레전드 등급과의 사돈.

그것이 의미하는 바는 엄청났다.

그렇기에 이렇게 빠르게 움직이는 것이다.

"사, 사부님……."

당황하는 연호정의 말에 김무성이 짐짓 엄한 표정으로 말했다.

"어허! 사부님이라니! 아버님이라고 부르거라. 사돈, 괜찮지요?"

김무성의 엄청난 처세에 연준혁이 잠시 멍한 표정을 짓다가 이내 크게 웃었다.

"크하하하하! 그럼요. 되고 말고요, 하하하하!"

연준혁이 호탕한 웃음과 함께 허락의 뜻을 비치자 김무성의 표정이 환해졌다.

그리고 자신의 아들을 바라보았다.

아들이 싫어하면 어쩌나 하고 바라보았는데 멍하니 앉아 있는 그의 표정에 행복이 가득했다.

그 모습을 보니 걱정할 필요는 없을 것 같았다.

연호정도 그 표정을 보았는지 연신 얼굴을 가리고 부끄러워하다가 빼액 소리를 지르고 밖으로 뛰어나갔다.

"몰라요!"

그 모습에 연준혁이 김두열에게 말했다.

"뭐 하는가, 사위. 얼른 나가서 안 붙잡고."

"네? 네! 아, 알겠습니다!"

연준혁의 말에 재빨리 정신을 차리고 뛰쳐나가는 김두열

이었다.

그 모습에 그곳에 있던 모든 사람이 크게 웃으며 언제 긴장했냐는 표정으로 앞으로의 일을 이야기하기 시작했다.

태평양의 어느 외딴 무인도.

그곳에 자리 잡은, 어울리지 않는 거대한 성에서 누군가의 고성이 새어 나왔다.

쾅—!

"그게 뭔 개소리야!"

원탁에 여러 사람이 앉아 있었고, 누군가의 이야기에 다들 잔뜩 흥분한 상태였다.

"정말이오! 믿으시오!"

자신의 말을 믿으라고 외치는 남자는 바로 얼마 전에 영웅에게 크게 당한 프리레전드 데이비드였다.

블랙맘바에는 다섯 명의 프리레전드가 존재했다.

같은 프리레전드여도 그 강함은 달랐다.

데이비드는 블랙맘바의 프리레전드 중에서 가장 약했다. 물론 그 약함이 여기에 있는 다섯 명 중에서 약하다는 이야기다.

데이비드는 블랙맘바를 이끄는 간부 중에서 나이트를 맡

고 있었다.
블랙맘바의 간부 직급은 체스에서 따왔다.
현 블랙맘바의 회장은 킹이었다.
그 아래는 퀸, 룩, 비숍이었다.
그에 따라 그들을 지칭하는 문양 역시 체스의 말과 같은 모양이었다.
아무튼, 데이비드는 위험한 인물이 나타났고 그가 앞으로 블랙맘바에 큰 장애물이 될 것이라고 경고했다.
그가 더 크기 전에 싹을 잘라야 한다고 강력하게 주장하고 있었다.
"잠재력이 뛰어난 괴물이 존재한다고? 아니, 아무리 잠재력이 뛰어나도 그렇지. 우리는 프리레전드요! 프리레전드! 그런데 뭐? 우리가 전부 달라붙어서 한 사람을 공격해야 한다고?"
비숍이 벌떡 일어나 말도 안 되는 소리라며 소리쳤다.
"비숍의 말씀이 맞소. 나이트, 그대가 방심한 것이 아니오?"
"하아! 아니라고 몇 번을 말하게 하는 것이오?"
"크크크, 천하의 블랙맘바의 나이트가 저리 겁을 먹다니. 그 영웅이라는 놈이 인물은 인물인가 보군."
"푸하하하! 그러니까 말이오. 이거 아무래도 간부를 새로 뽑아야 하지 않겠소? 저딴 겁쟁이를 같은 자리에 앉히니 격이 너무 떨어져서, 원."

룩과 비숍이 데이비드를 비웃으며 그를 조롱했다.

킹과 퀸도 말만 안 할 뿐이지 비웃고 있는 것은 매한가지였다.

하지만 데이비드는 그들이 자신을 비웃든지 말든지 자신의 역할에만 충실했다.

"그래. 가서 그 빌어먹을 놈을 잡아 오라니까 실패하고 기껏 생각한 핑계가 그거요? 뭐? 엄청난 인간이라고? 우리가 모두 힘을 합쳐도 이길 수가 없는 인간이라고?"

"호호호. 데이비드, 평소엔 그대의 유머를 좋아했는데 오늘은 좀 질이 떨어지는군요."

이젠 킹과 퀸이 대놓고 비웃음에도 데이비드의 표정엔 변화가 없었다.

그 모습에 이상함을 감지한 비숍이 그에게 물었다.

"뭐지? 평소 같으면 길길이 날뛰며 지랄발광을 해야 하는데? 왜 이리 얌전하지?"

비숍의 말에 데이비드가 씨익 웃으며 그 이유를 말했다.

"병신들, 늦었어. 그분이 오셨다."

"뭐?"

"난 분명히 말했다. 다 같이 힘을 모아야 한다고. 아! 물론 나는 빠질 거고."

"뭔 개소리냐! 데이비드! 설마 우리를 배신한 것이냐!"

"배신? 하하하하! 지금 네놈들이 나를 버린 것이지."

"개소리! 반응을 보니 배신한 것이 맞구나!"

"으드득! 나이트! 데이비드!"

킹과 퀸, 룩과 비숍이 자리에서 벌떡 일어나 데이비드를 공격하려 했다.

콰앙–!

후두두두둑–!

그 순간 천장이 엄청난 굉음과 함께 무너져 내렸다.

"뭐야! 크윽! 배리어!"

우웅–!

터터텅.

그 짧은 찰나에 배리어를 펼쳐 파편을 튕겨 낸 비숍이었다.

배리어의 밖으로 자욱한 먼지가 뭉게뭉게 올라왔고 그 먼지 뒤로 데이비드와 정체를 알 수 없는 누군가의 형체가 보였다.

"누구냐!"

비숍이 배리어를 거두면서 손을 휘젓자 강력한 바람이 흘러나와 자욱한 먼지들을 모조리 날려 버렸다.

먼지가 사라진 그곳에는 데이비드가 아주 공손하게 한쪽 무릎을 꿇고 인사를 올리고 있고, 한 젊은 남자가 아주 당연하다는 듯 그 인사를 받고 있었다.

"잘했다. 저들이 블랙맘바의 간부들이라고?"

"그렇습니다. 저들이 곧 블랙맘바입니다."

"흠."

젊은 남자는 안경을 쓴 채 그들을 유심히 바라보고 있었다.

안경을 쓴 남자는 바로 영웅이었다.

영웅은 만물의 눈을 착용한 상태로 블랙맘바의 간부들을 바라보았다.

영웅에 눈에 비친 데이비드의 초인력이 6만을 조금 넘긴 것에 반해, 저기에 있는 나머지 간부들은 전부 8만을 넘기고 있었다.

특히 가운데에 있는 남자는 거의 10만을 바라보고 있었다.

"호오, 데이비드가 제일 약하네?"

영웅의 말에 간부들은 안경을 바라보았다.

"만물의 눈?"

한 간부의 말에 다른 간부들이 입을 열었다.

"한국 지부장 놈이 잃어버렸다는 그 만물의 눈? 서, 설마? 그렇다면 네놈이 강영웅?"

간부의 말에 영웅이 만물의 눈을 벗으며 말했다.

"눈치가 빠르네! 나를 그렇게 애타게 찾았다길래 내가 이렇게 찾아왔지. 어때? 고맙지?"

"으드득! 죽을 자리를 알아서 찾아왔구나!"

"죽을 곳인지 아닌지는 이따가 다시 이야기하고……. 이 먼 곳까지 친히 와 줬으니 비용을 계산해 줘야겠어."

영웅의 말에 콧방귀를 뀌고는 데이비드를 향해 이를 갈기 시작하는 간부들.

"이런 병신! 저딴 놈한테 당해서 조직을 팔아넘기다니! 저 새끼와 함께 평생 지하 감옥에서 온몸이 썩어 들어가는 고통 속에 살게 해 주마. 기대해라."

비숍의 말에 영웅이 고개를 끄덕이며 동의한다는 표정으로 대답했다.

"오! 고통! 좋지. 가장 효율적인 대화 수단이니까."

"오냐! 그 말 나중에 그대로 돌려주마! 파이어 볼!"

화르륵-! 파앙-!

비숍이 손에 화염 덩어리를 소환하더니 영웅을 향해 날렸다.

슈각-!

영웅을 향해 날아가던 파이어 볼은 옆에 있던 데이비드의 손에 의해 반으로 갈라졌다.

그리고 기분이 나쁜 표정으로 말했다.

"최선을 다해라. 이딴 조잡한 기술은 이분을 욕하는 짓이니."

"뭐? 하하하! 완전히 저 자식의 개가 되었구나."

비숍의 비꼼에도 데이비드는 아주 당연하다는 듯 고개를

끄덕였다.

"그래, 나는 이분의 개다."

"뭐?"

오히려 당당하게 인정하니 말문이 막혀 멍하니 데이비드를 바라보았다.

그런 둘의 사이를 영웅이 끼어들며 말했다.

"뭐야? 나 누가 내 일에 끼어드는 거 별로 안 좋아하는데?"

"죄송합니다."

영웅의 말에 데이비드가 재빨리 고개를 숙이고는 뒤로 물러섰다.

데이비드가 뒤로 물러서자 비숍을 향해 손을 까닥이며 말했다.

"자, 얘는 신경 쓰지 말고 진심으로 재롱부려 봐라. 너는 특기가 마법이니?"

자신을 어린아이 대하듯 대하는 영웅의 모습에 멍하니 있던 비숍의 표정이 일그러졌고, 이내 자존심이 상했는지 이를 갈며 영웅에게 외쳤다.

"으드득! 오냐! 마법이다! 어디 한번 받아 봐라! 헬 플레임!"

분노한 비숍의 몸에서 거대한 화염이 치솟더니 영웅을 활활 태워 재로 만들 기세로 날아갔다.

"이런! 비숍 멍청아! 여기서 그런 큰 기술을 사용하면 어떻게 해!"

말은 이렇게 하고 있지만, 간부들은 재빨리 배리어를 펼치며 여유만만하게 둘의 싸움을 즐기고 있었다.

간부들이 이렇게 떠드는 사이 비숍이 날린 헬 플레임이 영웅에게 직격으로 들어갔고, 엄청난 열기가 영웅이 있던 자리 전체를 녹여 버리고 주변을 용암으로 만들었다.

하지만 비숍의 눈은 다른 곳을 향하고 있었다. 영웅이 자신의 공격을 피해 유유히 빠져나가는 것을 본 것이다.

재빨리 영웅이 피하고 있는 장소로 손을 뻗으며 외쳤다.

"쥐새끼 같은 놈이! 헬 그라비티!"

끼잉-!

쿠쿵-!

"지구 중력의 50배다! 이제 쉽게 움직이지 못하겠지! 그대로 꿰뚫어 주마! 헬 버스터!"

쿠아아아아-!

영웅이 있는 곳에 중력장을 펼쳐 놓고 움직임을 둔화시킨 뒤에 그를 꿰뚫을 기세의 광선을 날렸다.

"8서클 대마법이다! 영광으로 알고 죽어라! 크하하하하!"

쿠콰콰콰쾅-!

광기 어린 모습으로 영웅이 있던 자리 통째로 날려 버린 비숍이었다.

엄청난 힘에 자신들이 있던 성의 절반이 날아가면서 바깥의 풍경이 그들의 눈에 들어왔고, 박살 난 성을 바라보며 투덜거렸다.

"쯧쯧, 이게 뭔가? 애꿎은 성만 박살이 나고."

"그러니까 말이야. 이만한 성 찾기도 힘든데."

"나름 맘에 드는 성이었는데."

킹과 퀸 그리고 룩은 당연히 영웅이 세상에서 증발했을 것이라 생각하고 강한 위력의 기술을 사용한 비숍을 나무랐다.

하지만 비숍의 표정은 그게 아니었다.

심상치 않은 모습에 그의 눈을 따라 허공을 보니, 공중에 무언가가 둥둥 떠 있었다.

"휘유, 이게 진짜 프리레전드인가? 확실히 데이비드보단 위력이 강하네."

겁먹은 듯한 말투와 달리 표정은 즐거워 미치겠다는 모습을 한 영웅이 그곳에 있었다.

비숍이 이가 으스러져라 갈면서 영웅을 노려보았다.

"더 해 봐."

"오냐! 이것도 받아 보거라! 메테오 스트라이크!"

후웅─!

비숍의 몸을 중심으로 거대한 회오리가 형성되더니 하늘을 향해 엄청난 속도로 솟구쳤다.

하지만 영웅은 그런 비숍의 모습에 웃으며 순식간에 그의 곁으로 순간 이동 했다.

스팍-!

"운석인가? 바보 아냐? 그런 느린 기술을 내가 맞을 것 같아?"

"헉! 어, 언제?"

쩡-!

비숍은 영웅의 주먹을 재빨리 배리어로 막았다. 그 모습에 영웅은 흥미로운 표정을 지었다.

비록 약하게 치긴 했지만, 자신의 공격을 막은 자는 비숍이 처음이었다.

영웅의 입가에 더욱 진한 미소가 감돌기 시작했다.

"어? 막았어? 처음이네. 내 주먹을 막은 놈은, 하하하하. 즐겁다."

즐거워하는 영웅과 달리 비숍은 죽을 맛이었다.

분명히 배리어를 치고 공격을 분산시켰음에도 엄청난 충격이 몸 안을 뒤흔들었다.

'미친! 이게 뭐야! 이런 괴, 괴물이!'

방금 한 방으로 알았다.

데이비드가 왜 전부 덤벼야 한다고 그렇게 열과 성을 다해 자신들을 설득하려 했는지를.

하지만 지금은 그것을 생각할 겨를이 없었다.

연이어 날아오는 영웅의 주먹을 막아야 했기 때문이다.

배리어와 충격 분산까지 시켰음에도 이런 충격인데 직격으로 맞으면…… 그건 상상도 하기 싫었다.

떵-! 떠덩-!

비숍이 연신 식은땀을 흘리며 영웅의 주먹을 간발의 차이로 막아 내고 있었다.

그럼에도 엄청난 충격이 비숍의 몸을 망가뜨렸다.

사실 영웅은 일부러 살살 치고 있었다.

자신의 공격을 막은 비숍이 기특한 것도 있지만 가장 큰 이유는 저기 앉아서 이 상황을 지켜보는 것들을 끌어들이기 위해서였다.

영웅의 생각은 적중했다.

가만히 앉아서 지켜만 보던 그들이 자리에서 벌떡 일어나 비숍을 구하기 위해 몸을 날렸다.

유일한 홍일점인 퀸이 붉은빛이 감도는 화려한 활을 꺼내 들고는 영웅을 향해 마력으로 만들어진 화살을 날렸다.

피융-!

그와 동시에 영웅의 등 뒤에 푸른색 기운이 여러 개 생성되기 시작했다.

쯔잉- 쯔잉- 쯔잉-!

그 푸른색 기운에서 영웅을 향해 레이저포들이 발사되기 시작했다.

그리고 저돌적으로 돌진하던 킹은 거대한 도를 꺼내 들더니 영웅을 향해 휘둘렀다.

푸하항-!

콰쾅-!

도에서 일어난 바람만으로도 반대편, 남아 있던 나머지 성벽이 산산이 부서졌다.

그에 영웅은 비숍을 잡아서 안전지대로 던지고는 그것들을 그대로 다 맞아 주었다.

퍼퍼퍼퍼펑-!

콰콰콰쾅-!

쯔아아앙-!

엄청난 폭음과 먼지 속에서 블랙맘바의 간부들은 보았다.

자신들의 공격을 정면으로 맞아 가면서 환하게 웃고 있는 미친 괴물을 말이다.

그 순간 온몸에 소름이 돋았다.

규격 외의 괴물이 나타난 것이다.

"제길! 이런 괴물이!"

그때, 아까 비숍이 소환한 운석들이 그곳을 향해 떨어져 내렸다.

쯔잉-! 쯔잉-! 쯔잉-!

어디서 많이 듣던 소리가 들려오자 간부들이 일제히 하늘을 바라보았다.

룩이 사용하는 이레이저 캐논이었다.

허공에 생겨난 이레이저 캐논은 룩이 사용한 것보다 더 크고 아름답게 지상으로 내려오는 운석을 향해 발사되었다.

쯔아아아앙-!

콰콰콰콰쾅-!

엄청난 위력의 이레이져 캐논에 운석들이 폭죽 터지듯이 터져 나갔다.

룩이 설마 하는 표정으로 영웅을 바라보자 영웅이 윙크를 하면서 말했다.

"좋은 기술 알려 줘서 고마워. 이거 편하네."

"마, 말도 안 돼……."

설마 했는데 사실이었다. 자신의 기술을 흡수한 것이다.

"괴, 괴물……."

그곳에 있는 모든 사람의 공통된 생각이었다.

사람은 너무 놀라면 말이 없어진다고 한다.

지금 블랙맘바 간부들의 심정이 그랬다.

말이 나오질 않았다.

자신들의 공격을 정면으로 맞고도 상처 하나 없는 저 사기 같은 모습도 모자라서 자신들의 기술을 흡수한다?

이게 무슨 말도 안 되는 밸런스란 말인가.

이건 사기였다.

고요한 가운데 영웅이 여전히 환하게 웃으며 말했다.

"재밌다. 더 공격해 봐."

재밌단다.

세상에 프리레전드 네 명의 공격을 받으면서 재밌다고 더 해 보라는 인간이 존재할 줄이야.

어느새 비숍까지 다른 간부들이 있는 곳으로 이동한 상태였다.

그들은 서로의 눈을 바라보더니 고개를 끄덕였다.

눈빛으로 무언가 합의를 한 것 같았다.

영웅이 고개를 갸웃거릴 때, 그 네 명이 있는 곳에서 엄청난 기운이 흘러나왔다.

고오오오오오–!

블랙맘바 네 명이 서로의 기운을 모으기 시작한 것이다.

"오오! 이건 완전 기대되는데?"

영웅이 함박웃음을 지으며 두근거리는 얼굴로 자신들을 바라보자, 간부들은 어처구니가 없다는 표정을 짓다가 이를 악물었다.

그리고 네 명은 기운을 한곳으로 모으더니 영웅을 향해 날렸다.

"받아라!"

네 사람의 기운이 담긴 기공포였다.

후앙–!

"오옷!"

영웅은 황홀한 표정으로 자신을 향해 날아오는 기공포를

바라보았다.
엄청난 기운이었다.
이것은 영웅에게 던진 미끼였다. 물론 영웅도 그 사실을 짐작하고 있었다.
이렇게 좋아하는 액션을 취하는 것은 저들이 조금 더 강한 공격을 해 주길 바라는 마음에서였다.
영웅이 두근거리는 이유는 이렇게 강한 걸 미끼로 던질 정도면 다음은 무엇일까 하는 기대 때문이었다.
그런데 웬걸.
"어전트 워프!"
각자 무언가를 찢으면서 큰 소리로 외치는 것이다.
"워프? 서, 설마! 안 돼!"
하나 이미 늦었다.
블랙맘바의 간부들은 이미 그곳에서 빠져나간 뒤였다.
설마 워프를 이용해 도망갈 것이라곤 생각지 못한 영웅의 실수였다.
분노한 영웅이 자신을 향해 천천히 날아오던 기공포를 발로 차서 하늘 높이 날려 버렸다.
대기권을 뚫고 우주 멀리 사라지는 기공포를 데이비드가 기가 찬 얼굴로 바라보았다.
저 기공포의 위력은 레전드 등급도 간신히 막든가, 아니면 피하기 급급할 정도로 강맹했다.

그런데 그것을 축구공 차듯이 차서 대기권 밖으로 날려 보낸 것이다.

"으아아악! 각성자 카드! 그게 있었지! 그걸 생각 못 했어! 아아아아!"

머리를 쥐어뜯으며 자기반성을 하는 영웅이었다. 이곳은 자신이 전에 살던 그런 세상이 아니었다.

언제든지 도망을 칠 방법이 존재하는 그런 세상이라는 것을 망각하고 있었다.

무엇보다 영웅은 즐길 생각만 했지 저들이 도망을 칠 것이라는 생각을 하지 않았다. 자신이 너무도 자만했다.

영웅이 엄청나게 실망한 표정으로 데이비드를 바라보았다.

"어디로 워프했는지 혹시 알아?"

그러자 데이비드가 고개를 저었다.

"도주용 카드라 정해진 위치가 없습니다. 위치가 정해져 있다면 상대방이 따라서 쫓아올 수도 있으니 무작위로 워프가 됩니다."

"아아! 다리를 먼저 부러뜨려 놓고 시작할 걸 그랬나? 아니면 입을 뭉개 버리고 시작할걸……."

잔인한 말을 서슴없이 하는 영웅을 보며 데이비드가 침을 꿀꺽 삼켰다.

도망을 간 걸 어쩌겠나.

영웅이 힘없이 일어섰다.
그리고 데이비드에게 말했다.
"안내해."
"네? 어, 어디를 말씀이십니까?"
"금고. 아니면 보물이 모여 있는 창고."
"아……."
"여기까지 왔으니 보상이라도 받아 가야지."
"아, 알겠습니다."
처음으로 실패라는 것을 맛본 영웅이었다.

한편, 도망친 블랙맘바 간부들이 약속된 장소에 모여서 대화를 하고 있었다.
"젠장! 그런 괴물이 존재하다니!"
"규격 외다. 그건…… 인간이 아니다."
"피해가 너무 크다. 성은 이미 모든 것이 털린 상태였고, 우리의 비밀 금고도 데이비드 그놈이 알고 있으니……. 전부 털렸다고 봐야겠지."
"빌어먹을! 이런 빌어먹을!"
분하고 열받았지만, 자신들이 할 수 있는 것은 없었다.
"동양에 이런 말이 있지. 군자의 복수는 10년이 지나도 늦지 않는다고. 강영웅, 그놈에 대해 모든 것을 알아낸 뒤에 복수하자.”

“좋다! 일단은 그놈의 기억에서 사라질 때까지 숨어 있자. 훗날을 도모하기 위해서 잠깐 헤어져 있자고.”

킹의 말에 다들 동의한다는 표정으로 고개를 끄덕였다.

그리고 다들 발걸음을 힘겹게 옮기며 흩어졌다.

블랙맘바 간부 일당을 놓친 영웅은 제일 먼저 가족의 안전을 위해 가족들에게 자신의 기운을 불어 넣었다.

그 어떤 공격도 한 번은 무조건 완벽하게 방어해 주는 기운과 그 기운이 발효되는 순간 그것을 느낄 수 있게 해 놓았다.

위기에 빠지면 자신이 그곳으로 순간 이동을 해서 쓸어버리면 되는 것이다.

또한, 영웅의 4차원 공간에는 블랙맘바의 창고에서 가져온 금은보화와 온갖 장비들, 그리고 엄청난 양의 현금이 들어가 있었다.

안 그래도 엄청난 부를 가지고 있던 영웅에게 또다시 엄청난 부가 들어온 것이다.

블랙맘바가 가지고 있던 재물은 미국의 1년 예산과 맞먹을 정도였다.

"휘유, 이걸 어디에 써야 하나."

이미 여기저기에 투자한 것들이 많았기에 가만히 기다리면 더욱 재물이 늘어날 예정이었다.

전에 살던 지구와 비슷한 역사의 흐름이 이어진다는 조건이었지만.

실패한다고 해도 이제 아쉽지 않았다.

그것들로 얻을 이익은 다 얻었으니까.

그렇게 뒹굴뒹굴하며 이런저런 생각을 하고 있을 때, 한 비서가 들어왔다.

"도련님! 접니다!"

"어? 왔어?"

한 비서의 등장에 영웅이 자리에서 벌떡 일어나 그를 반겨주었다.

"내가 알아보라는 것은?"

"네! 회장님께서는 도련님께 천강물류를 맡겨 보시려는 것 같습니다."

역시 자신의 짐작대로였다.

아니, 이건 누구라도 짐작할 수 있는 일이었다.

대놓고 천강물류 이사를 소개해 주지 않았던가.

귀찮았다.

사실 이곳에 와서 의욕적으로 이것저것을 하려고 마음먹고 투자한 것까진 좋았는데, 지금 와서 생각하니 관리하기가 귀찮아진 것이다.

영웅은 어찌할까 잠시 생각하더니 옆에서 초롱초롱한 눈으로 자신을 바라보고 있는 한 비서를 바라보았고, 이내 좋은 생각이 떠올랐는지 한 비서의 어깨에 손을 올리고 나긋하게 말했다.

"한 비서, 지금부터 내가 너에게 특명을 내릴 거야. 잘 들어."

영웅이 특명을 내린다는 말에 한지우가 침을 꿀꺽 삼키고 집중해서 이야기를 듣기 시작했다.

"이제부터 네가 나를 대신해 내가 말한 사업들을 관리하는 거야. 알았지?"

"네에? 제, 제가요? 저, 저는 그, 그럴 능력이 안 됩니다!"

"에이, 할 수 있어. 돈이 곧 능력이야. 내가 뒤에서 아낌없이 지원해 줄 테니, 나 대신 한 비서가 내가 말한 사업들을 잘 이끌어 줘. 알았지? 아직 세상에 알려지기 싫어서 그래. 그러니 나 대신에 수고 좀 해 줘. 부탁이야. 믿을 사람이 한 비서밖에 없어."

영웅의 말에 한 비서가 잠시 머뭇거리더니 이내 결심한 표정으로 주먹을 불끈 쥐고 말했다.

"도련님이 저를 그리 믿으신다니 한번 해 보겠습니다!"

"그렇지! 남자가 그런 야망을 품어야지!"

"감사합니다! 그럼 뭐부터 할까요?"

명령을 기다리는 한 비서에서 영웅은 지도를 가져오라고 시켰고 가져온 지도에 매직으로 어느 특정 지역들에 동그라미를 그렸다.

"여기 동그라미 친 곳 보이지?"

"네."

"전부 매입해."

"네? 이, 이 많은 곳을요?"

"응, 전부. 최대한 넓은 부지를 매입해. 돈은 천 회장이 준비해 줄 거야."

한 비서는 동그라미 친 부지를 유심히 보다가 영웅에게 물었다.

"설마, 물류 센터를 지으실 생각입니까?"

"오, 역시. 대단한데? 단번에 알아보네?"

"그러면 물류를 전부 먹는 겁니까?"

"이것 봐. 이렇게 눈치가 빠르고 머리가 비상한데 사업을 안 하면 재능 낭비라니까."

영웅의 말에 한지우가 뒷머리를 긁적이며 쑥스러워했다.

"알겠습니다. 도련님의 명을 받아 제가 최선을 다해 저 부지들을 매입하겠습니다."

한 비서의 눈에서 굳은 의지가 보였다.

그 모습에 미소를 지은 영웅이 또 다른 것도 부탁했다.

"연예 기획사도 준비해 봐."

"네에?"

갑자기 뜬금없는 소리에 한 비서가 놀란 눈으로 바라보았다.

"문화가 곧 힘이 되는 세상이 올지도 몰라. 그러니 그것도 준비를 해야지."

"알겠습니다. 하지만 그쪽은 제 전문이 아니라서 시간이 조금 걸릴지도 모르겠습니다."

"일단 구색만 맞춰 놔. 그곳을 채울 연예인들은 내가 나중에 적어 줄 테니."

"네? 도련님께서요?"

"지금 당장 한다는 게 아니고. 일단 구색만 맞춰 놔."

"알겠습니다."

"그럼 잘 부탁해, 한지우 사장님."

"네! 도련…… 아니 회장님! 최선을 다하겠습니다."

귀찮은 일을 다 떠넘길 수 있어서 후련해하는 영웅과, 그런 영웅이 찬란하게 빛날 수 있도록 자신의 모든 것을 바쳐 거대한 제국을 이룩하겠다고 다짐하고 있는 한 비서였다.

연준혁이 자신의 앞에 놓여 있는 종이를 뚫어지게 쳐다보며 심각한 표정으로 자리에 앉아 있었다.

"협회장님, 어찌할까요?"
오랜 시간 말도 없이 종이만 바라보는 연준혁에게 옆에 서 있던 비서가 물었다.
"으음, 일단 우리도 알아보겠다고 전해 줘."
"알겠습니다."
비서가 나간 후에도 계속 바라보고 있는 종이는 바로 천지회에서 도움을 요청하는 공문이었다.
그동안 철저하게 감추고 있었던 비밀을 연준혁에게 보내면서까지 도움을 요청한 것이다.
"화이트 웜홀이라……."
화이트 웜홀 속으로 주화입마에 빠져 모든 내공을 잃은 천지회주가 빨려 들어갔다며.
자신들에게는 화이트 웜홀을 들어갈 수 있는 각성자의 은총이 없기에 협회에 도움을 요청한다는 내용이었다.
"천지회주의 행방불명이 이런 이유였다니……. 게다가 내공까지 잃은 채 빨려들어 갔다고?"
이건 더 심각했다.
자신이 알고 있는 정보대로라면 화이트 웜홀 속 세상은 또 다른 차원에 있는 나 자신과 바뀌는 것이다.
내공을 잃은 상태로 화이트 웜홀에 빨려들어 갔다면 생존 가능성이 크지 않았다.
그래도 천지회주는 내공이 없다 해도 어느 정도 무력이 있으니 생존해 있을 가능성도 조금은 있었다.

문제는 그곳에서 다시 돌아올 수 있는 사람은 자신이 알기론 단 한 명뿐이었다.

"주군…… 어찌 주군에게 이런 부탁을 드린단 말인가."

이것이 가장 큰 딜레마였다.

무림에서 고생하고 돌아온 게 얼마 되지 않았는데 다시 가 달라고 부탁하기가 너무도 죄스러웠다.

연준혁이 마른세수를 하며 손바닥으로 얼굴을 가리고 있을 때 목소리가 들려왔다.

"뭐야? 화이트 웜홀이 또 생겼어?"

갑자기 들려온 목소리에 연준혁이 화들짝 놀라서 고개를 들어 보니 영웅이 눈앞에 있었다.

자신의 앞에 있던 종이를 들고 읽으며 말을 건 것이다.

"주, 주군! 어, 언제 오셨습니까."

"응, 방금. 그보다 이거 도와줘야 하는 거 아냐?"

영웅이 종이를 흔들며 물어보자 연준혁이 죄스러운 표정으로 시선을 돌렸다.

"그, 그렇긴 한데 제가 어찌 주군을 다시 그 세상으로 보냅니까."

연준혁은 영웅이 무림 세상에서 엄청 고생하며 사람을 찾은 것으로 착각하고 있었다.

그렇기에 차마 영웅에게 다시 가 달라는 말을 하지 못하는 것이다.

그런 연준혁의 마음을 읽었는지 영웅이 미소를 지으며 말했다.

“왜? 내가 도와줄게.”

“주, 주군!”

“내가 힘들어할까 봐 그래?”

“그, 그렇습니다. 신하 된 도리로 어찌…….”

“걱정 마. 무림에서 일도 재밌었으니까. 그리고 언제든 돌아올 수 있다고 말했잖아.”

“그때 말씀하시기로는 힘들게 찾았다고 그러셨잖습니까.”

“에이, 그땐 부풀려서 말한 거지. 그래야 나를 더 우러러볼 테니까.”

그러면서 환하게 웃는 영웅이었다.

연준혁은 그런 영웅을 바라보며 잠시 황홀해하다가 조심스럽게 입을 열었다.

“그, 그럼 도와주시겠습니까?”

연준혁의 말에 영웅이 고개를 끄덕였다.

영웅의 허락이 떨어지자 더없이 환한 얼굴이 되어 가는 연준혁이었다.

“가, 감사합니다, 주군! 사실 어찌해야 하나 난감해하고 있던 참이었습니다.”

“그래도 경험이 있는 사람이 가는 게 낫지.”

"주군의 옆에서 보필할 사람들도 준비하겠습니다."

"엥? 아닌데. 나는 혼자가 편해."

"처음 가는 세상에서 또 혼자서 시작하려면 힘들지 않겠습니까? 시혁이와 태성이를 준비시켜 두겠습니다. 그들도 경험이 있으니 많은 도움이 될 것입니다."

"하아, 한곳에 같이 떨어지는 게 아니라고. 걔들이 어디에 떨어질지 어찌 아냐고. 또 찾아야 하잖아."

"이번엔 쉽게 찾을 수 있도록 그에 맞는 아이템도 준비해 두겠습니다."

절대로 영웅 혼자 보내지 않겠다는 굳은 의지가 엿보였다.

결국, 영웅이 백기를 들었다.

"하아! 그래, 알았어."

"감사합니다!"

연준혁은 영웅의 이런 점이 좋았다.

막무가내로 우기면 자신도 더는 권하지 못하기에 혼자 갈 수 있을 텐데 크게 몰아붙이지 않고 언제나 자신의 의견을 존중해 주었다.

권위 의식이 없다는 뜻이었다.

수하도 언제나 존중해 주고 챙겨 주는 고마운 주군이었다.

"그런데 여긴 어쩐 일로 오셨습니까?"

이제야 영웅이 왜 왔는지 궁금해진 연준혁이었다.

영웅도 그제야 자신이 온 목적이 생각났는지 4차원의 공간에서 무언가를 꺼냈다.

"블랙맘바 창고에서 얻은 건데 나한테는 쓸모가 없어서 말이지. 여기 두고 필요한 사람들한테 알아서 나눠 줘."

영웅이 꺼내 놓은 것들은 각성자들을 위한 아이템들이었다.

전설급과 신화급이 우르르 쏟아져 나왔다.

연준혁이 멍한 얼굴로 바닥에 있는 물건들과 영웅의 얼굴을 번갈아보았다.

지금 바닥에 있는 아이템들만 팔아도 나라 하나를 살 수 있는 재력을 얻을 것이다.

심지어 그 아이템들을 각성자들이 본다면 눈이 뒤집혀서 미친놈들처럼 덤벼들 것이다.

그만큼 구하기도 힘들고 부르는 게 값인 아이템들이었다.

그런 것들을 아무렇지도 않게 꺼내 놓는 영웅이었다.

꺼내 놓은 정도가 아니라 바닥에 뿌려 놓고 자신에게 가지라고 말하고 있었다.

그 모습에 연준혁이 말도 안 되는 소리라며 펄쩍 뛰었다.

"주, 주군! 이, 이걸 저에게 주, 주신다고요?"

"응. 이걸로 협회 애들을 더 키우든지, 아니면 말 잘 듣는 문파에 선물로 주든지 알아서 해."

"주군께서 쓰시면……."

"각성자도 아닌데 이걸 어디에 써. 그리고 이런 거 입으면

거추장스럽고."

"팔면 엄청난 재력을 얻으실 수 있습니다."

연준혁의 말에 영웅이 피식 웃으며 말했다.

"재력? 지금 있는 것으로도 충분해. 아니, 너무 많아서 탈이야. 원래 목적이 돈으로 세상을 지배하려는 거였는데 그게 가능할 정도로 많아."

정말로 뭐 하나 부족한 것이 없는 주군이었다.

세상에 이런 사기캐가 있나 싶을 정도였다.

결국 연준혁은 질린 얼굴로 고개를 숙였다.

"아, 알겠습니다. 주군."

"천지회 일은 준비가 되면 연락 줘."

"네! 알겠습니다!"

시간은 흘러 겨울이 찾아왔고 영웅의 방학이 시작되었다.

화이트 웜홀을 들어가기 위해선 시간이 필요했는데 학교를 다니면서는 그것을 할 수 없었기에 방학 때까지 기다린 것이다.

영웅은 무림에서의 일을 상기하며 인스턴트와 라면을 잔뜩 사서 4차원의 공간 속에 밀어 넣었다.

어떤 세상에 떨어질지 알 수가 없으니 미리 준비를 해 두는 것이다.

준비를 다 마친 영웅은 연준혁이 말해 준 천지회가 있는 곳으로 이동했다.

도착한 천지회의 첫인상은 고풍스러움이었다.

가장 한국적인 문파.

마치 거대한 양반가를 보는 듯한 한옥들이 인상적이었다.

거기에 이 거대한 산 전체가 천지회의 영역이었다.

연준혁이 준 증표를 보이고 안내에 따라 들어가자, 가장 먼저 눈에 들어 온 것은 바로 수련을 하는 수많은 무인이었다. 무림 세상을 이미 경험하고 온 영웅은 그들을 유심히 지켜보았다.

그들은 무림 세상에서 가장 강한 문파인 등천문의 무인에 비해 전혀 뒤떨어지지 않는 모습을 보이고 있었다.

그 모습이 영웅을 흐뭇하게 만들었다.

그렇게 한참을 걸어 들어가니 저 멀리 연준혁이 차태성과 임시혁을 대동하고 누군가와 이야기를 나누고 있었다.

청력을 집중하자 그들의 말소리가 들려왔다.

"저, 정말이오? 이분들이 화이트 웜홀에서 살아 나온 자들이란 말이오?"

"그렇습니다. 그러니 믿으셔도 됩니다."

"세상에. 화이트 웜홀에서 빠져나온 이들이 존재했다니……. 지, 진작에 협회에 도움을 요청했어야 했는데 우리가 너무도 아둔했소."

"자책하지 마십시오. 그 상황이라면 충분히 그럴 수 있었습니다. 한 문파를 책임지는 문주가 갑자기 실종되었는데 정상적인 판단을 한다는 게 어디 쉽겠습니까?"

"고맙소. 우리 회주님만 무사히 데려와 주신다면 우리 천지회는 협회에서 하는 모든 일을 전폭적으로 지지하고 도울 것이오."

"감사합니다."

연준혁의 말에 천지회의 장로들이 연신 고개를 숙이며 감사 인사를 하고 있었다.

그러다가 차태성과 임시혁의 손을 꼭 잡으며 간곡하게 부탁했다.

"이렇게 재촉해서 미안하오. 하지만 저 안에서 어떤 고초를 겪고 계실지 모를 우리 회주님 생각에 어쩔 수가 없소이다. 미안하오. 지, 지금이라도 들어가 주실 수 있겠소?"

장로들의 간절한 부탁에 임시혁이 고개를 저으며 말했다.

"가장 중요한 분이 오지 않으셨습니다. 그분이 계셔야 저 안에서 저희도 무사히 돌아올 수가 있습니다."

임시혁의 말에 장로들이 잠시 머뭇거리거니 심각한 표정으로 물었다.

"이건 계속 짐작만 하고 있었던 것인데……. 혹시 화이트 웜홀은 일반 웜홀과 많이 다르오?"

그 질문에 그곳에 있는 천지회의 모든 장로들이 침을 꿀꺽 삼키며 임시혁의 입만 바라보고 있었다.

임시혁은 그런 장로들의 부담스러운 시선에 한숨을 쉬고는 고개를 끄덕이며 입을 열었다.

"그렇습니다. 화이트 웜홀은 지금까지 우리가 익히 알고 있던 웜홀과는 차원이 다른 웜홀입니다. 우리가 알고 있는 웜홀은 어떤 초월적인 존재가 만든 가상의 세상 같은 곳이라면, 화이트 웜홀은 진짜로 어딘가에 존재하는 차원입니다."

차원이 다른 웜홀이 맞는 말이긴 했다.

정말로 다른 차원으로 가는 거니까.

임시혁의 말에 장로들의 표정이 굳어졌다.

"역시 그렇군."

장로들은 고개를 끄덕이며 그동안의 가설을 확인했다.

"저 안으로 들어간 회주께서 돌아오지 못하는 이유에 대해 몇 가지 가설을 세웠었지요. 그중 하나가 우리가 알던 웜홀과 다르게 화이트 웜홀은 다시 돌아올 웜홀이 그 자리에 없다는 것인데 그것이겠지요?"

그들의 물음에 임시혁이 고개를 끄덕였다.

"역시 맞았군. 그래서 회주가 돌아오지 못한 것이었다."

"허어. 그렇다면 그대들이 기다리는 그 사람은 다시 돌아오는 통로를 찾을 수 있단 말이오?"

장로들의 물음에 임시혁이 고개를 힘차게 끄덕였다.

"맞습니다. 저희도 그분이 아니었으면 영원히 그곳에 갇혀 여생을 보냈겠지요."

"그자는 강하오?"

장로 중 한 명의 물음에 임시혁이 발끈하며 대답을 하려 했다.

"이야, 귀가 왜 이리 가렵나 했더니 계속 내 이야기를 하고 있었네?"

그 순간, 아무도 없던 뒤에서 영웅이 손을 흔들며 모습을 드러냈다.

"누구냐!"

기척도 없이 나타난 영웅에게 놀랐는지 천지회의 장로들이 화들짝 놀라며 경계했다.

그 경계심은 세 사람의 입에서 나온 말로 인해 곧 경악으로 바뀌었다.

"주군! 오셨습니까?"

"주군!"

"주군을 뵈옵니다!"

세 사람이 동시에 갑자기 나타난 남자를 향해 세상에서 가장 극진한 자세로 인사를 했다.

문제는 그들이 말한 단어였다.

주군이라는 단어.

"주군이라니?"

"내가 잘못 들은 것인가?"

다들 지금 이 상황이 무슨 상황인지 갈피를 잡지 못하고 웅성거리기 시작했다. 그들의 얼굴에는 믿을 수 없다는 표정이 그대로 나타나고 있었다.

그에 연준혁이 정리를 하기 시작했다.

"이분은 나의 주군이십니다. 천지회 회주의 생사와 무사귀환은 주군의 손에 달려 있습니다. 그러니 예의를 갖춰 주시길 바랍니다."

연준혁이 정색하며 영웅을 소개하는데도 천지회의 장로들은 당황했는지 머뭇거리고 있었다.

이것을 믿어야 하는지 말아야 하는지 고민하는 것 같았다.

"주군, 이들이 회주를 찾을 마음이 없나 봅니다. 그냥 가시지요."

천지회 장로들의 행동에 실망한 임시혁이 영웅에게 말했다.

그에 장로들이 화들짝 놀라며 영웅에게 인사를 하려 할 때, 영웅이 말했다.

"무슨 소리야? 저들에게는 무엇보다 간절한 일일 텐데. 그들의 간절함을 미끼로 대접을 받겠다는 생각을 하는 것은 아니겠지?"

"아, 아닙니다! 다, 단지 주군을 무시하는 듯해서……."

"저들이 나를 모르니 저러는 것은 당연하다. 나 같아도 네

임드급 각성자들에게 주군이 있고 그 사람이 젊은 청년이라면 의심이 갈 것 같은데? 됐어."

영웅은 자신의 수하들에게 한 소리를 하고는 천지회의 장로들에게 몸을 돌려 고개를 숙였다.

"죄송합니다. 제 수하들이 저를 너무 생각해서 무례를 저지른 것 같습니다."

그런 영웅의 모습에 천지회의 장로들이 감동한 표정으로 허리를 깊숙이 숙이며 인사를 올리기 시작했다.

"아, 아닙니다! 저희야말로 무례를 범했습니다! 부디 넓은 아량으로 용서해 주시길 바랄 뿐입니다!"

"하하하! 용서라니요. 잘못한 것이 있어야 용서를 하지요. 저는 정말로 괜찮습니다. 인제 그만 일어나세요."

영웅은 장로들을 일일이 일으켜 세워 주었고 몸을 일으킨 장로들은 여전히 감동스러운 표정을 하고 있었다.

그들은 이제 영웅을 의심하지 않았다.

이런 인품이라면 믿을 수 있겠다고 생각하고 있을 뿐이다.

그 모습을 흐뭇하게 바라보던 연준혁이 정신을 차리고는 그들을 하나하나 소개해 주었다.

"주군! 제가 소개를 해 드리겠습니다."

영웅의 고개가 끄덕이는 것을 본 연준혁이 한 명 한 명 가리키며 소개를 시작했다.

"여기 계신 이분은 3선 국회의원이신 박현우 의원님."

"반갑습니다! 제 도움이 필요하신 일이 있다면 여기로 연락을 주시지요. 언제든지 돕겠습니다."

천지회의 장로 중 한 명의 정체는 국회의원이었다.

"여기 이분은 검찰총장을 맡고 계신 정성진 총장님."

"허허허. 우리 검찰의 힘이 필요하시다면 언제든지 연락 주시구려."

또 다른 사람의 정체는 검찰총장이었다.

그 외에도 경찰총장부터 장관에 대기업의 회장까지.

하나같이 평범하지 않은 사람들뿐이었다.

과연 한국 최강의 문파다웠다.

사람들은 저마다 앞다투어 앞으로 도울 일이 있다면 언제든지 찾아오라고 하였다.

이대로 가다간 이들과 떠드는 것으로 하루가 다 갈 것 같자 영웅이 정리를 하기 시작했다.

"자 자, 일단 가장 중요한 것은 천지회주님을 저곳에서 모셔 오는 것이니 할 이야기가 있다면 그 후에 하도록 하죠."

그 후로도 이런저런 이야기를 하고 반나절이 지나서야 문제의 화이트 웜홀 속으로 들어갈 준비가 되었다.

그들이 안내한 곳은 깊은 동굴 속이었다.

동굴 속에 있다 보니 하늘 높이 치솟는 아지랑이가 보이지 않아 존재하는지를 모르고 있었다.

연준혁의 반응이 그것을 증명하고 있었다.

"허어. 이런 곳에 웜홀이 생기다니……. 특이한 경우군요."

"그렇소. 그래서 우리도 더욱더 당황스러웠소. 설마하니 회주께서 명상을 하시는 수련동에 웜홀이……. 그것도 화이트 웜홀이 생길 줄 누가 알았겠소."

그들의 말에 연준혁이 고개를 끄덕이며 대꾸를 했다.

"맞습니다. 설마 이런 동굴 속에 웜홀이 생길 것이라 생각하지 않겠죠. 전 세계적으로도 알려진 바가 없는 현상입니다."

"아니오. 존재하지만 우리처럼 숨기고 있을 수도 있지요."

"그럴 수도 있겠군요."

웜홀 앞에서 또다시 한참을 떠들더니 영웅을 바라보는 장로들이었다.

그들은 간절한 마음을 담아 영웅에게 연신 부탁을 했다. 그런 그들에게 꼭 데려오겠다고 약속을 하고 임시혁과 차태성을 데리고 환하게 빛나고 있는 화이트 웜홀 앞에 섰다.

웅웅웅웅—!

마치 어서 들어오라고 말하는 것처럼 소리를 내는 웜홀을 바라보고 있었다.

"주군, 그럼 잘 다녀오십시오."

"응. 이번에는 어떤 세상일까? 긴장되면서도 두근거리기는 하네."

그러면서 자신의 손에 들려 있는 두 개의 아이템을 바라보았다.

같이 가는 임시혁과 차태성이 영웅을 쉽게 찾아갈 수 있도록 해 주는 아이템이었다.

"이걸 들고 있으면 시혁이와 태성이가 날 알아서 찾아온다는 거지?"

"그렇습니다."

"어떤 식으로 찾아오는 거야?"

"시혁이와 태성이가 가지고 있는 템이 주군께서 계신 곳으로 순간 이동 시켜 줄 것입니다."

"아항! 이거 엄청 편하네. 하하. 사실 걱정했는데 애네들을 또 어떻게 찾나 하고."

"제가 아무려면 주군께 그런 번거로운 일을 하게 두겠습니까."

"이건 각성자를 찾게 해 주는 아이템이고?"

"그렇습니다. 자세한 사용 설명은 태성이와 시혁이가 알고 있으니 그들에게 맡겨 두시면 됩니다."

"마지막으로 이건 뭐야?"

연준혁이 나누어 준 마지막 아이템 역시 세 사람에게 골고루 분배되어 있었다.

"그걸 소지한 사람은 시간의 흐름에서 벗어납니다. 그냥 간단히 말하면 노화 진행이 중단된다고 생각하시면 됩니다."

"헐, 그런 아이템이 있어? 그런데 나는 불사나 다름없어서 필요 없는데……."

"하하, 그래도 모르니 소지하고 계십시오. 그러다가 필요한 곳에 사용하셔도 되고요. 주군도 그렇지만 너희 둘은 꼭 챙겨! 그곳에서 괜히 나이 먹고 폭삭 늙어서 나오지 말고."

연준혁의 부탁에 영웅이 입맛을 다시며 품속에 그것을 넣었다.

영웅은 몰랐지만, 이 아이템은 그 값어치가 천문학적으로 높은 신화 등급 아이템이었다.

워낙에 나오는 매물이 없어서 부르는 것이 값이었다. 전 세계에 돈 많은 부자들, 지도자들이 그토록 원하는 아이템이 바로 이것이다.

사실 노화를 완전히 중지시키는 것은 아니다.

대략 1년의 수명을 열 배로 늘려 주는 역할이었다.

사실 그것만 해도 수백 년을 살 수 있으니 엄청난 아이템인 것은 사실이었다.

이것들은 전부 영웅이 블랙맘바에서 털어 와 건네준 아이템들 속에 있던 것이다.

"알았어. 잘 쓰지."

영웅은 연준혁의 어깨를 두드리며 말했다.

"그럼 다녀올게."

"혹시 모르니 부디 몸조심하십시오."

"응!"

영웅은 간절함과 걱정이 묻어 있는 눈빛으로 자신을 바라보는 천지회 사람들에게도 손을 흔들어 주고는 화이트 웜홀 속으로 들어갔다.

첫 화이트 웜홀에 들어갈 때처럼 서서히 정신이 흐릿해지면서 이내 순식간에 빨려 들어가는 영웅이었다.

3장

짹짹짹.

어디선가 들려오는 새소리에 눈을 뜬 영웅은 정말로 푹 잔 것 같은 개운함과 함께 크게 기지개를 켰다.

"아우우우우웅!"

크게 기지개를 켜고 나서야 자신이 웜홀 속으로 들어간 사실을 떠올렸다.

"아! 맞다. 웜홀 속으로 들어갔었지."

이미 한 번 경험을 했기에 크게 당황하지 않고 아주 자연스러운 모습으로 이번에는 어떤 세상에 떨어졌을지 호기심에 주변을 두리번거리기 시작했다.

왠지 낯설지 않은 느낌의 방이 영웅을 반기고 있었다.

"뭐지? 아주 어렸을 때 할머니 집이 대충 이랬는데……."

아주 친숙한 기분을 느끼고 있는데 밖에서 남자 목소리가 들려왔다.

"아직도 자느냐? 어서 일어나거라! 해가 중천이다! 어서 일어나거라."

또렷하게 들리는 한국말이었다.

'어라? 한국말? 여기 세상은 다행히 한국인가 보군.'

새로운 세상에 대한 두근거림을 안고 부름에 문을 열고 나가니, 사극에서나 볼 법한 복장을 한 청년이 자신을 노려보고 있었다.

"뭐야? 너 그 이상한 옷은 또 어디서 났어?"

순간 영웅은 당황했다.

'뭐지? 이번 평행세상은 한국의 과거 쪽인가?'

영웅이 지금 상황을 파악하려고 눈을 이리저리 돌리고 있는데 앞의 청년이 큰 소리로 버럭 외쳤다.

"뭐 해! 잠이 덜 깼냐? 정신 차려! 옷도……. 제대로 된 거로 갈아입고."

영웅이 지금 입고 있는 옷은 그냥 평범한 트레이닝복이었다.

어느 세상에 떨어질지 몰라서 색상도 평범하고 문양도 없는 그냥 옷만 입고 있었다.

"저……. 누구?"

영웅이 간신히 입을 열어 물어본 말에 청년이 어처구니가 없다는 표정으로 자신의 손에 들려 있던 괭이를 내려놓았다.

"뭐야? 너 왜 그래? 어디 아프냐?"

청년이 걱정 가득한 얼굴로 영웅을 바라보기 시작했다.

그리고 자신의 손을 들어 영웅의 이마에 얹었다.

"열은 없는데……. 아프면 말하거라. 내 당장 가서 의원을 불러오마."

걱정 가득한 표정으로 아프냐고 묻는 것에 영웅은 재빨리 표정을 찡그리며 고통스러운 척 행동했다.

"아아악!"

영웅이 머리를 붙잡고 아픈 시늉을 하기 시작했다. 그 모습에 놀란 청년이 다급하게 영웅을 안고는 물었다.

"왜 그래? 지, 진짜로 아픈 거야?"

"머, 머리가 너, 너무 아프고 가, 갑자기 아, 아무것도 기억이 나질 않아요."

영웅이 혼신의 연기를 하며 정말로 아픈 척하자 청년의 얼굴에 걱정과 어찌해야 할지 허둥대는 표정이 가득했다.

"뭐? 그, 그게 무슨 소리야? 어, 어제 나무에서 떨어진 충격 때문인가?"

'응? 어제 나무에서 떨어졌었어? 옳지. 딱이네.'

"그런가요? 머, 머리가 너무 아파요."

"이, 일단 방으로 들어가자."

청년이 영웅을 부축하고는 방으로 들어가려 했다.

하지만 방에서 나는 퀴퀴한 냄새와 짚을 꼬아서 만든 바닥 장판 때문에 까끌까끌한 방으로 다시는 들어가고 싶진 않았다.

"바, 방으로 들어가면 더, 더 아플 것 같아요."

"이 형이 의원을 데려오마. 여, 여기서 기다리고 있거라."

그러더니 다급하게 어디론가 달려가는 청년이었다.

청년이 사라지고 난 뒤에 영웅은 바깥세상을 둘러보기 시작했다.

"뭐지? 한국 민속촌에서나 볼 법한 이 풍경은?"

영웅은 하늘 높이 날아올라 주변 풍경을 조금 더 자세히 살피기 시작했다.

전형적인 농촌 풍경인데 그 풍경 속에 있는 집들과 사람들의 복장이 사극에서나 볼 법한 복장들이었다.

"헐……. 이거 아무래도 조선 시대 같은데?"

복장으로 봐서는 절대로 고려 시대 같진 않았다.

그렇게 한참을 살펴보던 중에 저 멀리서 다급하게 나갔던 청년이 누군가를 데려오는 모습이 보였다.

아무래도 아까 말한 그 의원인 것 같았다.

의원을 데려오는 모습에 영웅은 재빨리 바닥으로 내려와 집 앞마당에 있는 평상에 누웠다.

그리고 몸에 기운을 불어 넣어 최대한 뜨겁게 만들었다.

잠시 후, 영웅의 몸이 빨갛게 변하며 누가 봐도 아픈 환자 같은 모습이 되었다.

그 모습을 발견한 남자가 울먹거리며 달려왔다.

"아우! 정신 차려! 어, 어서 동생을 좀 봐 주시오!"

"아, 알았소."

의원이 영웅의 머리에 손을 대더니 화들짝 놀라며 벌떡 일어났다.

"헉! 사, 사람의 몸이 이렇게 뜨겁다니!"

의원의 호들갑에 영웅이 아차 싶었지만 이미 데워 놓은 거 어쩌겠는가. 그냥 우기는 수밖에.

"헉헉! 너, 너무 아파……."

혼신의 힘을 다해 아픈 연기를 시작한 영웅이었다.

그런 영웅의 모습에 더욱 안달이 난 남자가 의원을 계속 재촉하기 시작했다.

"이, 이러다 내 아우 죽겠소! 빠, 빨리 손을 좀 써 주시오!"

"아, 알겠소."

의원이 다급하게 침통에서 침을 꺼내 영웅의 몸에 침을 놓으려 했다.

영웅은 재빨리 자신의 몸에 침이 들어갈 수 있게 피부를 변형시켰다.

몸 이곳저곳에 침이 꽂히고 난 뒤에 영웅은 천천히 몸의 기온을 떨어뜨리기 시작했다.

잠시 후, 빨갛던 피부가 조금씩 연해지기 시작하자 청년이 다시 호들갑을 떨기 시작했다.

"헉! 여, 역시 명의시오! 내 아우가 안정을 찾아 가는 것 같은데, 맞습니까?"

너무 빨리 효과가 나타나자 당황한 의원이 어설픈 웃음을 지으며 대답했다.

"그, 그렇소? 흠흠! 내, 내가 이래 봬도 육지에서는 이름깨나 날렸던 몸이라오."

의원의 말에 영웅이 생각했다.

'육지? 그럼 여긴 섬이라는 얘긴가?'

대화를 엿들으며 생각하고 있는 도중에도 남자는 의원과 대화를 나누고 있었다.

"그, 그런데 우리 아우가 나를 몰라봅니다. 머리가 아프다 그러고 기억이 나질 않는다고 합니다. 이를 어찌합니까?"

남자의 말에 의원이 깊게 고민하는 듯하더니 영웅의 몸 이곳저곳을 살피기 시작하고는 물었다.

"어제 나무를 하다가 나무 위에서 굴러떨어졌었다고요?"

"그, 그렇습니다."

"흐음. 아무래도 떨어지는 충격으로 머리에 어혈(瘀血)이 생긴 모양이군. 두통도 그렇고 발열을 하는 것은 그것에 몸이 놀라서 일어난 현상 같구려. 일단 치료는 해 보겠지만, 기억이 돌아오지 않을 수도 있으니 각오는 해 두는 것이 좋을 것이오."

"네? 그게 무슨 말입니까! 그, 그럼 기억이 영영 돌아오지 않을 수도 있단 말입니까?"

"그건 나도 장담을 못 하겠소. 일단 처방을 해 줄 터이니 하루 세 번 시간에 맞춰서 탕약을 먹게 하시오."

"아, 알겠습니다."

남자는 의원이 적어 준 처방전을 소중하게 끌어안았다.

의원을 보내고 남자는 영웅을 방 안으로 부축해서 들인 뒤에 안쓰러운 얼굴로 한참을 바라보았다. 그러더니 무언가 결심했는지 자신에 대해 말해 주기 시작했다.

"아까 의원이 그러더라. 자신에 대해 계속 이야기해 주면 기억이 다시 돌아올 수도 있다고 말이다."

남자의 말에 영웅은 가만히 있었다.

그 모습에 더욱더 슬픈 표정을 짓더니 입을 열었다.

"일단 이름부터 알아야겠지. 너의 이름은 강영웅이다."

이곳에서의 이름도 강영웅이었다.

같은 국적의 평행세계로 가면 똑같은 이름이 주어지는 모양이었다.

"너는 왕족이다."

이건 무슨 소리란 말인가? 왕족이라니?

조선 시대의 왕족은 이씨가 아니었던가?

놀란 영웅이 남자에게 물었다.

"네에? 왕족요? 제가요? 여, 여기 조선 아닙니까?"

"맞다. 오! 조선이라는 것은 기억이 나느냐? 하하. 그래도 아주 기억을 잃은 것 같진 않으니 희망이 있구나. 그렇다! 너는 강씨 조선의 왕족이다."

그 말에 영웅이 더 화들짝 놀라며 물었다.

"네에? 가, 강씨 조선이요? 이씨 조선이 아니고요?"

영웅의 말에 남자가 재빨리 고개를 두리번거리고 방문을 열어 여기저기를 살핀 뒤에서야 안심하고 들어와 작은 목소리로 영웅을 나무라기 시작했다.

"이놈아! 큰일 날 소리를 하는구나. 가뜩이나 역모죄를 뒤집어쓰고 겨우겨우 목숨을 건졌는데 이씨 조선이라니! 그런 말도 안 되는 소리는 절대로 하면 안 된다! 알겠느냐?"

"네? 네……."

분명 조선이 맞다고 그랬다. 두 귀로 똑똑히 들었다.

그런데 왕족의 성이 강씨라니.

'뭐야? 이씨가 다스리는 조선이 아니라 강씨가 다스리는 조선인가?'

평행세상 중에서도 특이한 세상에 떨어진 모양이었다.

그 후로도 계속 영웅에 대한 이야기를 이어 나갔다.

이곳은 강화도였고 이곳으로 유배되어 추방되었다는 이야기까지 자신에 관한 이야기를 전부 해 주었다.

눈앞에 있는 이는 나의 형, 강영재. 현대 세상의 둘째와 이름이 똑같았다.

자세히 보니 생긴 것도 똑같았다.

덕분에 형님이라는 호칭이 더 자연스럽게 나올 수 있었다.

"형님."

"오냐! 기, 기억이 좀 나느냐?"

"아, 아닙니다. 단지 그냥 불러 보고 싶었습니다."

영웅의 말에 영재가 눈물을 글썽이며 영웅을 꼭 안아 주었다.

"에구, 불쌍한 것……. 그 험한 산에서 나무를 하다가……. 내가 몸만 성했어도 널 도왔을 텐데……."

"저, 저는 괜찮습니다. 형님."

"그래. 내 비록 몸은 성치 않아도 너를 보살피는 건 문제없다."

강영재는 영웅이 다친 것이 꼭 자기 탓인 것만 같다며 계속 울먹거렸다.

영웅은 일단 그런 영재를 잘 달래서 내보내고 지금 이 상황에 대한 정리를 하려 했다.

"형님. 저 좀 쉬고 싶습니다."

"그, 그래. 내가 아픈 애를 붙잡고 너무 오래 있었구나. 피, 필요한 것이 있으면 언제든 부르거라."

"감사합니다, 형님."

영웅의 말에 영재가 그의 등을 토닥이고는 밖으로 나갔다.

'이건 좀 당황스러운데. 거참……. 그럼 역사는 내가 아는 역사대로 진행이 되어 가는 건가? 일단 형님의 이야기를 토대로 파악하자면 나는 강화도령인가? 그렇다면 역사 속의 철종이겠군.'

뛰어난 두뇌 속에 들어 있는 정보를 바탕으로 현 상황을 빠르게 파악해 나가는 영웅이었다.

한 번 보면 다 외워 버리는 사기적인 두뇌가 조선 역사에서 철종에 관한 정보를 출력하기 시작했다.

'강화도에 유배를 온 것을 보면 얼추 역사는 비슷하게 흘러가는 모양인데……. 조선을 다스리는 왕족의 성이 강씨라는 것을 빼면 말이야.'

그래도 확실하진 않았다.

조금 더 정확한 정보가 필요했다.

영웅은 일단 깊은 밤이 되기를 기다렸다.

'그래도 확실하게 믿을 수는 없어……. 강씨가 왕인 세상이라니……. 좀 더 철저하게 조사를 해 봐야겠어.'

깊은 밤이 되자 영웅은 집안의 식구들을 모조리 재우고 하늘 높이 날아올랐다.

불빛 하나 없는 깜깜한 밤이었지만 영웅의 초신안이 대낮같이 환하게 비춰 주고 있었다.

일단 대충 어떤 상황인지 파악하기 위해 날아올랐는데 저 멀리 아지랑이가 넘실거리는 것이 보였다.

"어라?"

현 상황부터 정리하고 찾으려고 했던 화이트 웜홀의 아지랑이였다.

"운이 좋네. 바로 근처에 있다니. 이번은 왠지 느낌이 좋은데?"

생각지도 않았던 행운에 기분이 좋아진 영웅이 화이트 웜홀이 있는 곳을 향해 날아갔다.

이곳의 화이트 웜홀은 영웅이 익히 아는 장소였다.

"마니산 참성당(塹星壇)이라. 설마 이 아지랑이 때문에 저곳에 신단을 지은 건가?"

뭐가 되었든 금방 찾았으니 일단은 현대 세상으로 다녀와야겠다고 생각하는 영웅이었다.

영웅이 빠른 속도로 그곳에 다가가자 역시나 환하게 발광하기 시작하는 웜홀이었다.

"세상에 이렇게 쉽게 찾다니. 운이 좋았네."

영웅은 재빨리 웜홀 속으로 들어갔다.

밖으로 나오니 아직 그곳에 모여 있는 사람들의 모습이 보였다.

영웅을 발견한 연준혁이 환한 미소를 지으며 달려왔다.

"주군!"

연준혁의 모습에 영웅이 미소를 지었다.

당황스러웠던 마음이 조금 안정되기 시작했다.

"버, 벌써 나오는 통로를 발견하신 겁니까?"

"응, 다행히 근처에 있더라고. 운이 좋았지."

"하하! 다행입니다."

영웅의 말에 천지회 사람들의 표정이 밝아졌다.

이곳 세상으로 오는 웜홀을 발견했으니 절반은 성공한 셈이나 다름없었다.

이제 회주만 무사히 찾으면 데려올 수 있다는 생각에 다들 흥분을 감추지 못했다.

다들 궁금한 것이 많았지만 함부로 묻지는 못하고 있었는데, 연준혁이 그런 그들의 가려운 곳을 긁어 주었다.

"이번 웜홀은 어떤 세상입니까?"

연준혁의 물음에 그곳에 몰려 있던 천지회 사람들의 시선이 집중되었다.

"조선 시대."

"네?"

연준혁은 영웅의 말에 눈을 껌벅이며 이게 무슨 소린가 싶어 되물었다.

"조선 시대라고. 대충 나는……. 왕족이고……."

"그, 그게 정말입니까? 제가 잘못 들은 것이 아니었군요."

영웅은 고개를 끄덕였다.

그러자 연준혁의 표정이 환희에 찬 모습으로 바뀌며 호들갑을 떨기 시작했다.

"딱이군요! 왕 정도는 되어야 주군의 격에 맞지요."

연준혁이 신나서 떠들어 댔다.

반면 주변에 있던 천지회 사람들의 표정은 굳어 갔다.

"조, 조선 시대라니……. 회주께선 아무런 힘도 없으실 텐데. 변이라도 당하지 않으셨을는지."

수심이 가득한 얼굴로 고개를 숙인 그들에게 영웅이 말했다.

"다르게 생각하셔야지요. 오히려 잘 아는 시대니 살아남을 확률이 더 높은 것이 아닙니까. 혹시 압니까? 양반가 대감님과 바뀌어서 오히려 더 잘 먹고 잘 살고 계실지? 그러니 너무 안 좋은 쪽으로만 생각하지 마세요."

영웅의 말에 사람들의 표정이 조금은 풀리기 시작했다.

"은인의 말씀이 옳습니다. 저희를 일깨워 주셔서 감사합니다."

"에이, 뭘요. 일단 다시 돌아오는 웜홀을 찾았으니 자주 소식을 전하러 오겠습니다."

"알겠습니다. 저희가 돌아가면서 이곳을 지키고 있을 테니 필요한 것이 있다면 언제든지 말씀만 하십시오."

그들의 말에 영웅이 고개를 끄덕이고는 다시 웜홀 속으로 들어갔다.

현대 세상에서 조선 시대로 다시 돌아온 영웅은 원래 하려 했던 것을 하기 위해 하늘 높이 날아올랐다.

강화도를 넘어 한양으로 순식간에 이동한 영웅은 그곳의 풍경을 한참 동안 감상했다.

"정말로 조선 시대가 맞는가 보네."

영웅의 눈에 들어온 세상의 모습은 사극에서 흔히 보던 그 모습이었다.

깜깜한 밤이라 사람만 없을 뿐이었다.

모든 것을 제대로 확인한 영웅은 그제야 자신이 훗날 조선의 25대 왕이 되는 철종이라는 것도 깨달았다.

아직 정확한 사실은 아니지만 모든 정황이 그렇게 흘러가고 있었다.

그에 영웅의 눈이 반짝였다.

"내가 조선의 임금이 된단 말이지? 그것도 철종이라고?"

한양의 거리를 바라보던 영웅이 사악한 미소를 지으며 중얼거렸다.

"역사 속에서 가장 짜증 나던 시대군. 흐음. 어차피 전혀 다른 역사 속의 인물이 되었는데……. 짜증 나던 시대를 한번 바꾸어 봐야겠군."

영웅이 조선에 온 지도 벌써 일주일이 지났다.

지금 영웅은 인적 없는 어느 한 산에서 나무를 하고 있었다.

정확하게는 나무를 하는 척하고 누군가를 만나고 있었다.

"주군!"

"주군!"

바로 임시혁과 차태성이었다.

자신들이 가지고 있는 아이템을 이용하여 영웅이 있는 곳으로 이동한 그들이었다.

다행히도 보는 이가 없었기에 망정이지, 하마터면 큰 난리가 날 뻔했다. 갑자기 허공에서 사람이 나타난다고 하면 누구라도 놀라지 않을까.

아무튼, 임시혁과 차태성의 등장은 영웅에게 큰 힘이 되었다.

이곳에서 차태성과 임시혁은 평민이었다. 덕분에 이들은 움직임에 제약을 갖지 않을 수 있었다.

"이야. 그래도 혼자 와서 적응하는 것보다 이렇게 아는 사람이 있으니까 훨씬 좋다."

"주군께서 좋아하시니 저희가 더 행복합니다."

영웅은 그들과 잠시 동안 해후를 즐기고는 현재 상황에 관해 물었다.

"내륙 쪽은 어때? 밤에만 돌아다녀서 정확한 정보를 모으기가 힘들어."

"대충 조선 후기 정도 되는 것 같습니다. 다만, 저희가 알고 있던 역사와는 다른 부분이 많습니다."

차태성의 말에 영웅이 고개를 끄덕였다.

"그래. 이씨 왕조가 아니더군."

"그렇습니다. 그것뿐 아니라 저희가 흔히 알고 있던 권문세가도 전혀 다른 집안이 차지하고 있습니다."

"하아. 그래, 나주 천씨와 강릉 함씨가 조선을 손아귀에 잡고 흔들고 있다고 하더라."

"맞습니다. 나주 천씨가 우리가 알고 있는 안동 김씨고 강릉 함씨가 풍양 조씨인 것 같습니다."

"그렇다면 역사의 흐름은?"

"파악할 시간이 짧아서 정확하진 않지만 그래도 역사 흐름은 얼추 비슷한 것 같습니다. 그 역사를 구성하는 인물들이 다를 뿐입니다."

이것은 영웅도 대충 짐작했던 부분이었다.

"그렇다면 나는 정말로 강화도령이라 불리던 철종일 확률이 매우 높겠군."

"저희가 알던 역사의 흐름대로라면 그렇습니다."

영웅이 턱을 쓰다듬으며 생각에 잠겼다.

"어찌해야 할까? 저들이 나를 옹립하러 오는데 내가 사라진다면 그것도 문제고……. 내가 왕이 돼서 나라를 휘어잡는 것이 천지회주를 찾는 데 더 도움이 되려나?"

"솔직히 그게 가장 도움이 될 것 같긴 합니다."

"뭐 일단 돌아가는 웜홀은 발견해 두었으니 일단은 즐기자고."

"네? 버, 벌써 찾으셨습니까?"

"응, 강화도에 있더라고. 마니산에. 다행이지? 천지회에 있는 웜홀처럼 동굴이나 이런 곳에 있었으면 시간이 좀 걸렸을 텐데."

불가능하다는 말은 하지 않았다.

초신안 투시로 찾으면 그만이었으니.

다만 좀 더 세심하게 살펴야 하니 시간이 더 걸릴 뿐이었다.

영웅이 돌아갈 웜홀을 찾아놨다는 소리에 차태성과 임시혁의 표정이 밝아졌다.

이제 정말로 이곳 생활을 즐기면 되는 것이었다.

"혹시 저쪽에 볼일이 생기면, 마니산 참성단에 웜홀이 있으니 이용하도록 해."

"알겠습니다. 감사합니다, 주군."

"그럼 일단은 너희가 지금 할 일은 없다는 거네?"

"죄송하지만……. 그렇습니다. 아직 아무런 발판이 마련

되지 않아서……."

그 말에 영웅이 4차원의 공간을 열어 금괴를 꺼내기 시작했다.

두 사람의 봇짐에 가득 들어갈 정도의 금괴를 꺼낸 영웅이 말했다.

"일단 이걸로 병사들을 좀 키워 놔."

"병사요?"

"응. 나라를 휘어잡으려면 그에 맞는 병력이 있어야 할 거 아냐. 나 혼자 이 넓은 곳을 뛰어다니며 하나하나 때려잡을 순 없잖아."

"맞습니다."

"병사들에게는 여기에 있는 무공들 중에서 적당한 걸로 가르쳐 주고."

영웅은 무림 세상에서 가져온 무공 서적들을 우르르 꺼내 놓았다.

상급의 무공서는 아니었지만 그렇다고 지금 바닥에 깔려 있는 무공서들이 약한 무공은 아니었다.

무림 세상이 아닌 곳에서는 충분히 사기적인 위력을 발휘하는 무공들이었다.

"병력은 얼마나 모집해 둘까요?"

"충분히! 세상을 놀라게 할 정도로!"

"알겠습니다."

"식량이나 이런 것들은 내가 보충해 줄 테니 걱정하지 말고."

"그런 것은 저희가 충분히 처리할 수 있습니다."

"어떻게? 이쪽 세상에서 그 많은 양식을 구매하면 의심을 살 수도 있을 텐데?"

"현실 세상으로 가서 인벤토리에 담아 오면 됩니다."

그 말에 이들이 각성자라는 것을 상기한 영웅이었다.

"아, 깜박하고 있었네. 각성자들이었지? 그래. 그럼 그것도 알아서 처리하고. 지원은 천지회에서 전부 해 준다고 했으니 그들에게 말하면 준비해 줄 거야."

"알겠습니다."

"인벤토리가 있으니 금액을 더 줘도 되겠네."

"네?"

영웅의 말에 둘이 뭔 소린가 싶어 영웅을 쳐다보았다.

지금 자신들의 앞에 놓인 황금도 엄청난 양이었다. 그런데 저것이 부족하다며 더 꺼낸다고 하니 놀란 것이다.

그리고 그것은 사실이었다.

바닥에 깔려 있는 황금보다 못해도 네 배는 많은 엄청난 양의 황금이 영웅의 4차원 공간에서 튀어나오고 있었다.

태성과 시혁은 살면서 이렇게 많은 양의 황금을 본 적이 없었다.

기가 막힐 정도의 양에 멍하니 그것을 바라볼 뿐이었다.

"일단 아쉬운 대로 이걸로 대충 구색을 갖춰 놔."

이어지는 영웅의 말에 둘은 입을 쩍 벌리며 말했다.

"네에? 구, 구색요? 아, 아쉬워요?"

"왜? 더 필요해?"

"아, 아닙니다! 이거면 충분합니다!"

지금 바닥에 있는 황금만으로도 나라를 새로 세울 수 있을 정도였다. 그런데 부족할 리가 있는가.

"병사들 먹일 영약은 무림 세상에 가서 구해 와야겠네."

그 말에 태성과 시혁이 놀란 얼굴로 영웅을 바라보았다. 참신한 방법이었다.

무림 세상에서 그것을 가져와 배급할 생각을 하다니.

둘이 볼 때 영웅이 지금 만들려는 군대와 자신들이 만들려는 군대가 많이 다르다고 생각했다.

"저기 주군……. 어, 어떤 군대를 원하시는 겁니까?"

차태성이 조심스럽게 물어보자, 영웅이 그를 지그시 바라보며 말했다.

"압도적인 군대. 조선이라는 나라가 세계에 군림하는 시작이 될 군대. 무적의 군대. 뭐, 처음이니까 가볍게 가자고."

입에서 나온 단어들이 전혀 가볍지 않은데 가볍게 가자고 한다.

그래도 가슴이 두근거리는 것은 어쩔 수 없었다.

세상을 호령하는 조선, 한국이라니.

언제나 꿈꿔 오던 것이 아닌가.

영웅의 말에 차태성과 임시혁의 가슴속에서 꼭 이루고야 말겠다는 의욕이 타오르기 시작했다.

조선, 아니 세상은 알지 못했다.

바로 이곳 강화도에서 말도 안 되는 괴물이 세상을 먹겠다는 의지를 불태우고 있다는 사실을…….

끝도 없이 이어진 긴 행렬이 강화도에 나타났다.

그들의 목적은 바로 강영웅이었다.

짐작했던 대로 영웅을 임금으로 옹립하기 위해 강화도에 기나긴 행렬이 등장한 것이다.

역사 속에서는 강화도령이 행렬을 보고 자신을 잡으러 오는 줄 착각하고 산속으로 도망을 갔지만, 영웅은 태연하게 그들을 맞이했다.

오히려 먼 길을 오느라 고생했다고 위로까지 해 주었다.

전혀 다른 사람이라는 것을 알 리가 없는 관리들은 과연 왕의 핏줄은 달라도 확실히 다르다며 감탄을 했다.

그들을 따라 강화도를 벗어나 한양으로 입성한 후에 제일 먼저 한 것은 대왕대비에게 인사를 올린 것이다.

궁궐의 법도를 알 리가 없는 영웅은 대충 사극에서 봤던 것처럼 행동했다.

그러자 대왕대비가 흐뭇해하면서 나름 법도를 지키려고 노력은 했다며 칭찬했다.

그 후로 모든 절차가 일사천리로 진행되었다.

영웅은 대왕대비의 양자로 입적되었고 왕위에 오르자마자 곧바로 수렴청정이 시작되었다.

문제는 궁궐의 법도니 뭐니 하면서 시작되는 번거로움의 시작이었다.

성격 급한 영웅을 진짜 돌아 버리게 만드는 일들의 연속이었다.

또 임금의 하루는 할 것들이 왜 이리 많은지 환장할 노릇이었다.

지켜보는 눈들이 많아서 함부로 할 수도 없었다.

마음 같아서 다 뒤집어엎고 법도고 나발이고 깽판을 치고 싶었지만, 목적이 있기에 그냥 꾹 참았다.

문제는 그렇게 차곡차곡 쌓여서 적립된 분노가 어디로 향할지 모른다는 것이었다.

가장 먼저 건드는 놈은 세상에 태어난 것을 후회하게 해 주겠다고 이를 갈며 버티는 중이었다.

그나마 버틸 수 있었던 이유는 자는 척하고 순간 이동으로 웜홀이 있는 곳을 통해 현대로 넘어가 실컷 스트레스를 풀고 와서 가능했던 것이다.

그렇게 하루하루를 버티고 있는데 깜박하고 있었던 일이 터졌다.

"뭐? 뭘 해야 한다고?"

"전하, 부디 말씀을 단정히 하시옵소서."

"하아. 좀 닥쳐 줄래? 지금 나 심각한 거 안 보이냐?"

"전하! 체통을 지켜 주시옵소서! 아랫것들이 보고 있사옵니다!"

영웅이 머리를 감싸고 이렇게 흥분하는 이유가 있었다.

바로 국혼이었다.

결혼이라니. 깜박하고 있었던 행사였다.

'젠장, 맞다. 그걸 잊고 있었네. 아씨, 어쩌지?'

조선의 국력을 최대한으로 키운 뒤에 적당한 후계한테 넘기고 룰루랄라 다시 돌아갈 생각만 했지, 이것은 깜박하고 있었다.

하지만 피한다고 피할 수 있는 일도 아니었다.

'어쩔 수 없네. 신부에게는 미안하지만……. 최면으로 무마해야지…….'

원역사에서도 아이를 갖지 못했다고 하니 크게 문제가 될 것은 없어 보였다.

그래도 미안한 마음이 들어 최대한 잘해 주기로 마음을 먹었다.

'그래. 피할 수 없다면 즐겨야지.'

긍정적인 마음으로 생각하자고 다짐하는 영웅이었다.

나주 천씨는 모조리 제약을 걸어 죽을 때까지 고통 속에서 살게 하려고 마음먹었는데, 부인이 천씨 집안의 사람이라니까 그냥 말 잘 들으면 적당한 선에서 용서를 해 줄까도 생각했다.

나주 천씨에 이 엄청난 제약이 평생 가게끔 하려고 마음먹었던 이유는 바로 영웅이 왕실 생활을 하면서 천씨의 폭정을 직접 보고 느꼈기 때문이었다.

역사책으로만 보던 폭정과 실제로 느끼는 폭정은 차원이 달랐다.

왕이고 나발이고 뛰쳐나가서 전부 사지를 비틀어 버릴 뻔한 적도 여러 번이었다.

왕 앞에서 건들거리는 것은 기본이요.

심지어 말만 왕 대접이지, 거의 제 아래로 보는 눈빛이 더 많았다.

대왕대비도 자신의 집안이고 새로운 왕후 역시 자신의 집안의 사람이니 더 무서울 것이 없어진 것이다.

삼정의 문란, 세도 정권.

말로만 들었지 이 정도일 줄은 생각도 못 했던 것이다.

자신이 알던 역사와 다른 가문이 세도정치를 해서 그런 것일 수도 있었다.

그렇게 생각을 하며 마음을 다스리려 했지만 빡치는 것은 어쩔 수 없었다.

아마도 웜홀을 통해 원세상에서 스트레스를 풀고 오지 않았다면 이쪽 지구의 조선이란 나라에서 양반은 전부 소멸했을지도 몰랐다.

불살이고 나발이고 진심으로 열받아서 전부 지워 버리려고 한 적도 있었으니까.

그나마 버티고 있는 것은 영웅이 강력하게 주장해서 데려온 새로운 내금위장 덕이었다.

영웅의 곁을 지키는 새로운 내금위장은 바로 차태성이었다.

그를 데려온 이유는 바로 그가 환술사였기 때문이었다.

진심으로 열받을 때면 환술로 자신이 있는 것처럼 속이게 한 뒤에 나가서 풀고 왔던 것이다.

그 외에도 새를 통해서 다른 이들이 하는 이야기를 엿듣거나 바깥세상에서 병력을 키우고 있는 임시혁과 수월하게 연락하기도 했다.

문제는 차태성도 인내심의 한계를 느끼고 있었다는 점이다.

주군인 영웅이 왕 대접도 못 받고 거의 푸대접에 가깝게 받고 있으니 열이 받는 것이다.

"주군, 저들을 쓸어버릴 때가 오면 소신이 앞장서겠습니다!"

오죽했으면 차태성의 입에서 이런 말이 나왔을까.

영웅의 입에서 저들을 처리하라는 말만 나오길 바라고 있었다.

그러면 실수한 척을 해서라도 아주 먼지로 만들어 버릴 생각이었다.

이 상황은 임시혁도 잘 알고 있었다.

지금 그는 의지를 불태우며 최강의 병력을 키우는 일에 집중하고 또 집중했다.

나중에 영웅이 받은 굴욕을 그대로 되갚아 주어야 하니까.

하루하루가 그냥 저들이 하라는 대로 해야 하는 굴욕의 연속이었고 왕명은 그냥 지나가는 개가 짖는 소리만도 못했다.

솔직히 영웅이 이만큼 참은 것도 엄청난 사건이었다. 영웅이 본래 성격대로 했다면 저들이 저리 편하게 숨 쉬지 못했을 테니까.

참는 이유는 일단 자신이 사라진 후에도 남은 조선이 강대한 나라로 남길 바랐기 때문에, 인내하고 또 인내하는 것이다.

인내심으로 궁궐 생활을 이어 나가던 중 영웅은 암행을 하기로 마음을 먹고 변장을 한 후에 밖으로 나섰다.

자신들이 아는 것은 역사책으로 간결하게 본 것이 전부였기에 실제로는 어떤지 직접 두 눈으로 확인을 하려는 것이다.

궁 안에서 벌어지는 저들의 행태도 저럴진대 바깥에서는 얼마나 위세를 떨고 다니는지도 궁금했다.

그리고 바깥세상에서 벌어지는 일들은 영웅과 태성의 눈을 의심하게 만들 정도였다.

사람들은 제대로 먹지도 못했는지 피골이 상접했고 거리에는 거지들이 득실거렸다.

"이, 이게 무슨……."

"저희가 알고 있던 역사보다 훨씬 더합니다. 이, 이 정도일 줄은……."

영웅의 귀에 태성의 말은 들어오지 않았다.

어디선가 가락 소리가 들려왔기 때문이었다.

가락 소리를 따라 그곳에 가 보니 대궐 같은 집에서 연신 풍악과 웃음소리가 흘러나오고 있었다.

그 대궐 같은 집 담벼락에 서서 투시로 안을 들여다보는데 가관이었다.

밖에서는 백성들이 굶어 죽어 가는데 양반이라는 놈들은 음식을 산더미처럼 쌓아 놓고 먹다 뱉고 먹다 뱉기를 반복하고 있었다.

그 집 앞을 지나는 백성들은 고개를 깊숙이 숙인 채로 지나가고 있었다. 또 어떤 이는 기어서 지나가고 있었다.

그 모습이 괴이하여 지나가는 이에게 물었다.

"이보시게. 저건 왜 저러는 것이오?"

영웅의 질문에 지나가던 행인이 화들짝 놀라며 영웅의 입을 막았다.

"이, 이 사람이 크, 큰일 날 사람이네. 조용히 하시오."

이게 무슨 상황인지 갈피를 못 잡고 있는 영웅에게 행인이 나직하게 말했다.

"몰라서 묻는 거요?"

행인의 질문에 영웅이 고개를 끄덕였다. 그럼 몰라서 묻지 아는 것을 왜 묻는단 말인가.

"하아. 어디 인적 없는 산골에서 오지 않고서야 어찌 저것을 모른단 말이오?"

"아니 저게 무엇인데 이러는 것이오?"

영웅의 질문에 행인이 한숨을 쉬면서 말했다.

"천씨 일가의 저택을 지날 때는 저리 지나가야 하오. 저택을 지날 때뿐 아니라 천씨 일가를 보면 엎드려서 꼼짝하지 말고 있어야 하며 천세를 외쳐야 하오."

"그건 완전 임금이 아닌가?"

"하하하. 당금 조선은 천씨가 다스리는 나라가 아니오? 당연히 임금이나 다름이 없지."

"그럼 기어가는 자들은 뭐요?"

"아, 그놈들은 천민들이오. 버러지들이 어찌 걸어 다니냐며 자신의 저택을 지날 때는 저렇게 기어서 지나가라 하였소. 안 그러면 그 자리에서 목을 베어 버리니까 다들 그것이 무서워 저러는 것이오.”

“아니 임금이 있고 국법이 있는데 그런 짓을 아무렇지도 않게 저지른단 말이오?”

“이 나라에 임금은 없소. 있기야 하다만 그걸 임금이라 부를 이가 몇이나 되겠소. 무지한 백성들이야 임금을 바라보며 작은 희망이라도 품고 있겠지만……. 에잉. 아무튼, 조심하시오. 괜히 여기서 알짱거리다가 큰일이 날 수도 있으니.”

그러면서 행인은 천씨 일가의 저택을 쳐다보지도 않고 종종걸음으로 그곳을 빠져나갔다.

태성은 영웅이 천씨 일가 저택을 바라보며 몸을 부르르 떨고 있는 것을 보고 섬뜩함을 느꼈다.

보지 않아도 느낄 수 있었다.

지금 영웅이 얼마나 분노하고 있는지를.

그때 안에서 사람들이 웃고 떠드는 소리가 들려왔다.

그런데 그 이야기가 가관이었다.

“크하하하! 어제 전하께서 그러시더군요. 자네들 해도 너무한 거 아니냐고.”

“뭐? 언제 그런 이야기를 했는가? 나는 못 들었는데.”

“우연히 들었습니다. 작은 목소리로 중얼거리시더군요.”

“하하하하. 큰 소리로 말해도 되는데 어찌 그리 심약하게 행동을 하셨을꼬?”

“지가 어쩌겠습니까? 힘이 없는데.”

"그래도 너무 기죽어 지내는 걸 보니 안쓰럽기는 합니다."

저들이 떠드는 소리는 태성의 귀에도 들려오고 있었다.

대낮에, 그것도 사람들이 잔뜩 있는 연회장에서 아주 대놓고 한 나라 왕의 뒷담화를 하고 있었다.

분노한 태성이 나서려 하자 영웅이 손을 들어 말렸다.

영웅의 표정은 의외로 담담했다.

아까와는 달리 무표정한 표정으로 입에 손을 가져다 대고는 조용히 하라는 동작을 취했다.

그와 동시에 영웅의 눈동자를 본 태성은 하마터면 오줌을 지릴 뻔했다.

아주 차갑게 식어 있는 영웅의 눈동자 속에 언제든 폭발해도 이상하지 않을 분노가 담겨 있었다.

차태성이 무서워하든 말든 다시 몸을 돌려 벽을 바라보았다.

그리고 안에서 들려오는 소리에 집중했다.

"대조선 국왕께서 기가 죽으시면 아니 되지. 암! 안 되고 말고!"

"하하하, 맞는 말씀이십니다. 어째, 기를 좀 살려 드릴까요?"

"무슨 좋은 방법이라도 있는 건가?"

"왕께 자신의 편이 있다고 믿게 만들면 되지요."

"뭐라?"

“지금 저리 기가 죽어 있는 것은 궐내에 자신이 의지할 신하가 없기 때문이 아닙니까? 그러니 의지할 수 있는 신하를 만들어 주면 될 일입니다.”

“그러다가 기고만장해지면?”

“지까짓 게 기고만장해 봐야 어쩌겠습니까? 자신이 의지하던 신하들도 우리 쪽 아이들이라는 것을 알게 되면 어찌 되겠습니까?”

“크하하하하. 자네는 잔인하네. 정말로 잔인하군. 하지만, 재밌겠어. 왕의 좌절하는 모습이라니. 크하하하하.”

“그러다가 왕이 수치심에 자결이라도 하면 어찌합니까?”

“그때는 또 다른 꼭두각시를 찾아야겠지. 가령 예를 들자면 저기 구석에서 꼬리를 살랑살랑 치고 있는 흥선군이라든지. 아니면 그의 자식도 있지 않은가.”

남자의 말에 사람들의 시선이 일제히 한 곳으로 향했다.

그곳에는 한 남자가 연신 고개를 조아리며 남은 음식을 받아먹고 있었다.

“크크크크. 저런 것이 왕족이라네. 강씨 조선은 끝난 것이나 다름없지. 하지만 절대로 사라져서는 안 되지. 암! 안 되고말고.”

“맞습니다. 이렇게 편한 삶을 살 수 있는 것은 모두 무능한 강씨 왕조가 있기 때문이 아닙니까.”

“자 자, 무거운 이야기는 이쯤 하고 뭣들 하느냐! 풍악을 다시 크게 울려라!"

그 소리에 다시 풍악 소리가 크게 울려 퍼졌다.

담벼락에서 이 모든 것을 듣고 있던 영웅은 조용히 몸을 돌려 차태성에게 말했다.

"궁으로 가자."

"추, 충!"

힘없이 걸어가는 영웅의 모습에서 차태성은 연신 뒤를 돌아보았다.

그리고 지금 신나게 떠들고 있는 자들에게 애도를 표했다.

'쯧쯧. 지금 네놈들은 지옥문을 열었다. 지금 그 행복을 실컷 즐겨 둬라. 머지않아 집에서 울려 퍼지는 풍악 소리는 곡소리로 변할 테니.'

역사에서는 철종의 수렴청정을 3년 동안 했다고 기록이 되어 있었다. 하지만 영웅은 태성을 시켜 그 기간을 단축하게 했다.

대왕대비에게 최면을 걸어 이제 더는 가르칠 것이 없다고 착각하게 만들고 수렴청정을 거두게 한 것이다.

더 기다렸다가는 화병이 나든지 아니면 이곳 지구의 조선이 사라지든지 둘 중 하나가 될 것 같았기 때문이었다.

영웅은 본격적으로 집무를 시작하자마자 제일 먼저 왕의 하루 시간표를 전면 수정했다.

하루 세 번 있는 공부 시간을 모조리 없애 버린 것이다.

대신들은 격렬하게 반대하는 척했지만, 나중에는 마지못해 들어주었다.

왕이 나서서 공부하지 않겠다는데 굳이 권할 필요는 없었다.

오히려 공부를 안 하는 쪽이 더 다루기 쉬웠기에 차라리 잘되었다고 생각하고 있었다.

그리고 자신의 세력을 만들려는 움직임이 보이자 천씨 가문은 자신들이 준비했던 사람들을 비밀스럽게 꽂아 넣었다.

그들은 철저하게 천씨를 증오하는 연기를 하는, 온전한 천씨 가문의 사람들이었다.

그렇게 조금씩 세력을 키워 나가는 영웅을 보며 재밌어 죽으려고 하는 대신들이었다.

시간이 흘러 임금은 자신의 세력이 조금은 생겼다고 판단했는지 자신의 의견을 말하기 시작했다.

그러나 대신들은 왕의 말을 들어 줄 생각이 조금도 없었다.

사사건건 반대했고 비아냥거렸다.

특히, 현재 문제가 되는 삼정에 대해 개혁을 해 보자는 호기로운 외침에 대신들은 콧방귀를 뀌었다.

그들은 몰랐다.

지금의 임금인 영웅이 이렇게 의욕적으로 나서서 제안하고 회의를 하고 하는 이유가 바로 명분을 쌓기 위함인 것을 말이다.

만약 명분을 쌓는 것이라는 것을 알았어도 이들은 콧방귀를 뀌었겠지만.

이런 줄다리기가 계속 이어지며 시간은 흘렀다.

이 기간에 영웅을 따르는 대신들이 나타났고 영웅은 그런 그들을 매우 반기며 더욱 아끼고 곁에 두며 항시 붙어 다녔다.

누가 봐도 홀로 외로운 싸움을 하던 왕에게 드디어 그를 지지하는 세력이 생긴 것처럼 보였다.

하지만 궐내에 존재하는 그 어떤 대신도 그것을 견제하거나 우려하지 않았다.

그저 재미난 구경거리를 보듯이 지켜보고 있을 뿐이었다.

지금 영웅의 편을 들며 영웅에게 붙은 대신들은 천씨 일가의 사람들이었다.

그리고 그것을 모두 알고 있는 영웅이었다.

영웅은 연기하며 천씨 일가를 안심시켰다.

겉으로 보기엔 어수룩하고 정치에 대해 일절 모르는 군주로 보였다.

그러던 어느 날 영웅은 한 가지 어명을 내린다.

가뭄이 들어 백성들이 힘들게 살고 있으니 잔치를 금하고 양반들이 솔선수범하여 곡식을 내놓아 백성들을 구휼하라는 명령을 내렸다.

하지만 대전 안에 그 어떤 대신도 어명을 무서워하지 않았다.

오히려 비아냥거리며 전언을 올리는 신하도 있었다.

"전하! 가뭄으로 인해 힘든 것은 저희도 마찬가지이옵니다. 어찌하여 천한 것들만 챙기시고 저희는 챙기지 않으시는 것이옵니까? 그 명은 따르지 못하겠사옵니다."

"맞사옵니다."

"나는 분명히 어명이라 하였소."

4장

영웅이 나직한 목소리로 재차 말했다.

그러자 대신들이 일제히 자리를 박차고 일어나더니 대전 밖으로 나가기 시작했다.

그야말로 임금은 있으나 마나 한 존재였다.

대신들이 대부분 나가고 최근에 왕을 따르기 시작한 일부 대신들만이 당황한 표정으로 안절부절못하고 있었다.

적막함만 남은 대전에 영웅이 힘겹게 몸을 일으켜 방금 대신이 나간 곳을 바라보다가 등을 돌려 밖으로 나갔다.

강녕전으로 돌아온 영웅은 짐짓 분을 삭이지 못하는 척 연기를 이어 갔다.

그때 대왕대비가 그곳을 방문하였다.

"주상, 오늘 일은 전부 들었습니다. 어찌하여 천씨 일가와 척을 지시려 하는 겝니까."

"척을 지려는 것이 아닙니다. 단지, 세상을 조금 더 좋게 만들어 보려 하였을 뿐입니다."

"지금은 저들의 세상이오. 주상은 아무런 힘이 없소. 그러니 자중하시고 제발 조용히 계시오."

"……."

영웅의 입에서 대답이 나오지 않자 대왕대비가 혀를 차면서 고개를 흔들고는 일어섰다.

"주상, 부디 잘 생각하시길 바라오. 아시겠소?"

"……."

그래도 대답 없는 영웅을 보며 고개를 젓더니 밖으로 나갔다.

대신들에게 어명을 내리고 대왕대비에게 한 소리를 들은 지 일주일이 지났다.

그날도 대전 회의를 하기 위해 대전으로 입장했는데, 자리에 앉아 있는 자들이 많지 않았다.

그에 영웅이 물었다.

"어찌하여 사람이 이렇게 적은 것인가?"

영웅의 물음에 대신 중 한 명이 머뭇거리다가 대답을 했다.

"저, 전하! 아뢰옵기 송구하오나……. 다, 다른 대신들은 모두 천종훈 대감의 생신 잔치에 갔습니다."

"뭐라? 내 분명히 잔치를 금하였는데 잔치를 열었다고? 어명이라고까지 말을 했는데?"

"그, 그러하옵니다! 저, 전하!"

"허……. 아무리 허수아비 왕이라고 하지만 해도 너무하는구나. 여봐라! 당장 군사들을 준비하라! 내 친히 영상의 생신 잔치에 참석해야겠다!"

"저, 전하! 다, 다시 한번 생각을 해 보심이 어떠신지요. 그곳에 가셨다가 어떤 굴욕을 당할지 모를 일이옵니다. 그들은 전하를 왕으로 여기지 않는 자들이옵니다."

"그러니 더욱더 가야지. 어명까지 내렸는데 대놓고 잔치를 열고 있다니 이건 나를 초대하는 것이 아니고 무엇이더냐!"

영웅의 말에 대신들이 눈치를 살피기 시작했다.

"너희도 선택하거라. 나인지 아니면……. 천씨 일가인지. 그곳에 도착하기 전까지 결정을 내리도록 하라. 이건 내가 너희에게 주는 마지막 기회기도 하다."

"저, 전하! 저, 저희도 따라갑니까?"

"쯧쯧. 말귀를 못 알아듣는군……. 어명이다."

"저, 전하!"

영웅은 그 말을 남기고 성큼성큼 걸어 나갔다.

잠시 후에 곤룡포를 벗고 평상복으로 갈아입고 밖으로 나오니 1백여 명 정도 되는 금군이 대기하고 있었다.

밖에 오와 열을 맞춰 서 있는 금군을 잠시 바라보던 영웅이 앞장서서 걸어 나가기 시작했다.

"가자."

척척척척-!

금군들은 영웅의 뒤를 절도 있는 동작으로 따르기 시작했다.

그 모습에 거리에 사람들이 너도나도 나와서 구경하기 시작했다. 그들의 움직임이 심상치 않았기 때문이었다.

사람들의 수는 순식간에 불어났고, 그 뒤를 따라왔다.

금군의 뒤를 따르던 사람들은 그들이 향하는 방향을 알고는 기겁을 했다.

"저, 저기는 처, 천 대감님 댁 아닌감?"

"대감은 염병. 승냥이 새끼지!"

"이 사람아! 말조심하게! 얼마 전에 개똥 아범이 입 잘못 놀렸다가 맞아 뒈진 걸 알지 않은가!"

"빌어먹을 세상. 백성들이 이렇게 고통받는데 임금은 무엇을 한단 말인가."

"임금도 똑같겠지. 내 얘기를 들어 보니 어디 저기 시골에서 농사를 짓던 양반을 데리고 와서 왕 자리에 앉혔다고 하더군.”

“젠장. 그럼 왕도 천씨 일가의 허수아비라는 이야기 아닌가.”

“그렇지. 그러니 꿈 깨시게나.”

“에잇! X팔!”

그런 사람들의 이야기들을 뒤로하고 영웅은 금군과 함께 목적지에 도착했다.

“주상 전하! 납시오!”

우렁차게 울려 퍼지는 소리와 함께 그들을 쫓아오던 수많은 사람이 화들짝 놀랐다.

“세, 세상에! 사, 상감마마셨어!”

누가 뭐라 할 것도 없이 사람들은 앞다투어 엎드리기 시작했다.

괜히 고개를 들고 있다가 목이 날아갈 수도 있었다.

순식간에 조용해진 주변과 달리 영의정 천종훈의 집에선 풍악 소리가 계속 흘러나왔다.

“다시 불러라.”

영웅의 말에 옆에 있던 내관이 다시 큰 소리로 외쳤다.

“주상 전하! 납시오!”

임금의 행차를 알리는 소리가 우렁차게 울려 퍼졌음에도 안에서는 그 어떤 반응도 나오지 않았다.

보통이라면 임금의 행차라면 버선발로 뛰쳐나와야 정상이

었다.

안에서 아무런 반응이 없자 백성들이 오히려 당황하기 시작했다. 자신들이 믿고 있던 왕이 저렇게 굴욕을 당하는 모습을 보니 어찌해야 할지를 모는 것이었다.

"주상 전하! 납시오!"

세 번째 외치자 그때야 문이 열렸다.

하지만 마중하러 나오는 이는 없었다. 그냥 문만 열렸을 뿐이다.

알아서 들어오라는 소리였다.

영웅이 피식 웃고는 다시 성큼성큼 안으로 들어갔다.

안으로 들어가니 수많은 양반이 일제히 영웅을 바라보고 있었다. 한 나라의 왕이 행차했음에도 이들은 그 어떤 움직임도 보이지 않고 있었다.

이에 옆에 있던 내관이 참지 못하고 버럭 소리를 질렀다.

"이놈들! 전하께서 행차하셨는데 어찌하여 예를 갖추지 않는 것이냐?"

내관의 호통에 사랑방 난간에 걸터앉은 한 청년이 술잔을 비우더니 내관을 향해 던졌다.

퍽-!

"컥!"

"양물도 달려 있지 않은 내시 놈이 이곳이 어디라고 목청을 돋우는 것이냐."

술잔을 머리에 맞은 내관이 피를 흘리며 바닥에 주저앉아 있는 모습에, 영웅이 다시 미소를 지으며 말했다.

"이제 나를 아주 왕으로도 생각하지 않는 모양이군."

영웅의 말에 그 청년이 입을 열었다.

"하하하. 왕이 왕다워야 왕 대접을 하지 않겠습니까? 안 그렇사옵니까? 전하."

"네놈은 누구냐?"

"소신은 천 융 자 민 자라고 하옵니다! 저은하!"

"나는 관대하다. 지금이라도 나와서 예를 갖춘다면 최악의 상황은 벌어지지 않을 것이다. 꿇어라."

영웅의 말에 사람들이 놀란 표정으로 눈을 동그랗게 뜨고는 한참을 바라보았다.

그러다가 한 사람이 크게 웃음을 터트리자 여기저기서 기다렸다는 듯이 웃음이 터져 나왔다.

"크하하하하! 오늘 아주 재밌다. 재밌어!"

"왕 대접을 해 주었더니 정말로 자기가 왕인 줄 착각하고 있구나! 크하하하."

"옆에 있는 금군과 대신들을 믿고 지금 저러는 것인가?"

다들 영웅을 보며 배를 잡고 비웃고 있었다.

그 모습에 영웅이 크게 한숨을 쉬고는 큰 소리로 외쳤다.

"당장 저들을 모조리 포박하라!"

영웅의 외침에 금군들이 달려 나가야 하는데 움직이는 금군이 단 한 명도 없었다.

심지어 영웅을 따라온 대신들도 어느새 영웅의 곁을 떠나 천씨 일가가 있는 곳으로 이동한 상태였다.

"대감, 저희가 해냈사옵니다."

조금 전까지 영웅의 옆에 있던 대신 중 하나가 천종훈 대감에게 손을 비비며 말했다.

그들의 얼굴에는 간사함이 가득했다.

"하하하하! 잘했다. 정말로 너희와 금군을 대동하고 우리 집으로 쳐들어올 줄이야. 내기에선 내가 졌구나. 하하하하."

"대감께서 설마 모르셨겠습니까? 다 소인에게 용돈을 주시려고 일부러 져 주신 게지요."

"뭐라? 하하하하! 그렇지, 그렇고말고! 암! 하하하하."

따라온 대신들도 금군들도 모두가 천씨 일가의 사람들이었다.

그 모습을 밖에서 지켜보던 백성들의 얼굴에는 절망감이 올라오고 있었다.

임금이 기세등등하게 천씨 일가 집으로 향할 때만 해도 희망을 품고 따라왔는데 지금 보니 새로운 왕을 가지고 놀고 있었다.

사실 천씨 일가가 영웅을 이렇게 오게 하고 굴욕을 주는 이유는 바로 밖에 있는 백성들 때문이었다.

새 임금을 믿고 헛된 희망을 품지 못하게 하려는 조치였다.

"전하! 어째 외로워 보이십니다?"

"여기 와서 소신의 술 한 잔 받고 조용히 궁으로 돌아가시지요."

"여생 그냥 편히 궁궐에서 왕 대접 받으면서 살아가시지요. 그것이 주상이 해야 할 일이옵니다."

신기한 동물을 구경하듯이 빙 둘러싸고 영웅에게 모욕을 주는 그들이었다.

그런데 의외로 영웅의 표정이 밝았다.

"주상, 표정이 밝은 것이 이상하오? 미치셨소?"

"드디어 정신을 놓았나 봅니다."

사람들이 뭐라 떠들든 영웅은 한쪽 입꼬리를 올린 채 입을 열었다.

"크크크. 그래……. 진짜 마지막으로 기회를 주겠다. 과인은 관대하니까. 꿇어라."

영웅의 말이 끝남과 동시에 왕의 발밑으로 무언가가 떨어졌다.

먹다 남은 전이었다.

"그것을 드시면 소신들이 감격하여 무릎을 꿇을 것도 같소만……."

영웅이 바닥에 떨어진, 잇자국이 진하게 나 있는 전을 바라보며 웃기 시작했다.

"크크크크크크."

갑자기 실성했는지 고개를 숙이고 웃기 시작하는 왕을 바라보며 장내가 조용해졌다.

“고맙다. 너희가 내 말을 들으면 어쩌나 조마조마했거든. 이걸로 모든 명분이 다 쌓인 것 같군.”

“뭐라고 하시는 거요? 시끄러우니 어서 궁으로 들어가 궁녀들이랑 술래잡기라도 하면서 노시구려…….”

스악-!

천용민.

방금 그 말이 그가 이승에서 남긴 마지막 말이 되었다.

어느 순간 하늘이 노랗게 변하면서 그의 정신은 이승을 떠났다.

목과 몸이 분리된 것이다.

너무도 비현실적인 광경에 그곳에 있는 모든 이가 움직임을 멈추었다.

사람들은 이게 무슨 일인가 싶어 고개를 아주 천천히 영웅이 있는 곳으로 돌리기 시작했다.

그랬더니 조금 전까지 없던 한 남자가 검을 든 채로 자신들을 죽일 듯이 노려보고 있었다.

그 남자의 이름은 바로 천민우였다.

영웅의 이야기를 들은 그가 분노하여 이 세상에 따라온 것이다.

그리고 영웅에게 건방을 떠는 놈을 그 자리에서 참수해 버린 것이다.

쿵–!

"전하! 죄송합니다! 도저히 참지 못했습니다! 주상의 불살 원칙을 어긴 신을 벌하여 주시옵소서!"

그리고 영웅의 앞에 칼을 꽂고 부복하며 죄를 청하는 천민우였다.

"되었다. 그럴 수도 있지."

영웅은 미소를 지으며 천민우를 위로했다.

한편, 천용민의 목이 바닥에 떨어짐과 동시에 목이 사라진 자기 아들을 향해 달려가는 천종훈 대감의 모습이 보였다.

"용민아!"

목 없는 아들의 시신을 부여잡은 채 오열하는 천종훈과, 그런 그의 모습을 보며 얼굴이 새하얗게 질려 가는 사람들이 었다.

그들이 두려워하는 것은 임금이 아니었다.

천종훈 대감의 분노를 두려워하고 있었다.

아니나 다를까 천종훈이 분노에 찬 목소리로 영웅에게 악을 쓰며 소리쳤다.

"네놈이 지금 무슨 짓을 한 것인지 아느냐!"

천종훈 대감의 외침에 영웅이 귀를 후비면서 대답했다.

"잘 알지. 감히 하늘 같은 왕을 능멸한 죄인을 충성스러운 나의 수하가 처단한 거지."

"이놈! 너의 그 자리는 내가 앉혀 준 자리다! 네놈이 진짜로 왕인 줄 착각하고 있구나!"

천종훈의 외침에 그곳에 있는 사람들 모두가 영웅을 죽일 듯이 바라보았다.

지금 이곳에 있는 이들의 눈에는 영웅이 더는 조선의 왕이 아니었다. 양반가의 자제를 살해한 살인범이었다.

"내가 반드시 네놈을……."

좌하학-!

"크헉!"

다시 한마디 하려 할 때에 천민우가 달려 나와 천종훈의 팔을 잘라 버렸다.

바닥에 떨어진 자신의 팔을 믿을 수 없는 표정으로 바라보고 있었다.

그리고 이어지는 고통에 그의 입가에서 비명이 흘러나왔다.

"끄아아아악!"

비명을 지르며 뒷걸음질 치던 천종훈이 뒤에 멀뚱거리며 서 있는 금군에 소리쳤다.

"이 병신들아! 뭐 해! 죽여! 저 빌어먹을 새끼를 죽이라고!"

천종훈의 호통에 금군들이 일제히 창을 천민우에게 겨누며 달려들기 시작했다.

"와아아아!"

그 모습에 그곳에 있던 양반들이 안도의 한숨을 쉬었다.

제아무리 무예가 뛰어나도 저 많은 수의 금군들을 어찌할 수는 없을 것으로 생각한 것이다.

금군들이 살기 어린 눈빛으로 무기를 겨누며 공격을 준비하고 있었지만, 정작 금군들의 목표인 천민우의 표정은 무덤덤했다.

그의 입에서 지옥의 사신이 말할 것 같은 음산한 목소리가 흘러나왔다.

"감히 주군에게 무기를 겨누다니."

후웅-!

촤라라라락-!

천민우가 검을 횡으로 휘두르자 금군들의 창대가 일제히 잘려 나갔다.

후두두둑-!

잘려 나간 창대들이 하늘에 솟구쳤다가 바닥으로 우수수 떨어져 내렸다.

그리고 하나둘씩 무너져 내려가는 금군들의 모습이 보였다.

마치 천천히 재생되는 것처럼 무너지는 금군들의 모습은 그곳에 있는 사람들에게 큰 충격을 주기에 충분했다.

천민우의 검이 금군의 창대뿐 아니라 그들의 몸까지 베어 버린 것이다.

단 한 수였다.

수백의 금군들을 썰어 버리는 데 필요한 움직임은 그것이 전부였다.

믿을 수 없는 광경에 사람들은 현실에서 도피하기 시작했다.

"이, 이건 꿈이야. 이, 이건 꿈이라고!"

"마, 말도 안 돼."

"내가 지금 무엇을 보는 것인가."

"어찌 인간이……."

무엇보다 가장 큰 충격을 받은 것은 천종훈이었다. 어찌 무능한 왕에게 저런 인재가 붙어 있단 말인가.

지금은 그것이 문제가 아니었다. 고통을 참으며 정신을 차린 천종훈이 신음을 내며 입을 열었다.

"크윽. 주, 주상. 이쯤에서 그만하시지요. 제가 잘못했습니다."

상황을 보아하니 지금 임금의 옆에 있는 저 호위 무사에게 이곳에 있는 자들이 모조리 몰살을 당할 수도 있는 상황이었다.

자기 아들이자 천씨 일가의 장손을 잃은 것은 분통하고 한에 사무치지만, 지금 그것 때문에 모든 것을 날릴 수는 없었다.

일단 살아야 복수를 하든지 할 것이 아닌가.

자신들의 사병이 있기는 하지만 그래도 금군에 비할 바는 아니었기에 상대가 되지 않았다. 그래서 일단은 임금을 잘 달래서 보낸 후에 훗날을 도모하려는 것이다.

그러자 임금이 한쪽 입꼬리를 올리며 말했다.

"꿇어서 개처럼 기어 와 짖어라. 그러면 생각해 보지."

굴욕적인 말이었다.

자신이 누구던가. 양반 중에서 양반 가문인 천씨 일가의 수장 아니던가.

그런 자신에게 꿇는 것도 모자라 개처럼 기어 와 짖으라니.

그건 아니었다.

"주상, 부디 선을 넘지 마시오. 주상께서 지금 하신 말은 이 나라에 있는 모든 양반을 모욕하는 처사요."

"하하하, 모욕? 그래, 모욕하면 어찌 되는데? 역모라도 할 참이더냐?"

"그럴 수도 있지 않겠소? 지금 그 옆에 있는 호위 무사를 믿고 이런 일을 저지르신 모양인데, 큰 실수를 하셨소. 그 호위가 언제까지 주상을 지켜 줄 것으로 생각하시는 게요."

천종훈의 말에 영웅이 천민우를 바라보았다

그리고 다시 천종훈을 바라보며 입을 열었다.

"도대체 너희는 왜 항상 너희가 생각하고 싶은 대로 생각하는 것이지? 누가 그래? 내 곁에 애만 있다고?"

영웅의 말에 천종훈을 포함한 그곳에 있는 모든 이들이 웅성거렸다. 지금 조선에 임금의 세력이 어디에 있단 말인가.

"주상! 어찌 되었든 내가 잘못했소이다. 오늘 일은 더 문제 삼지 않을 터이니 이쯤 합시다. 이쯤 하면 주상께서도 그동안 받았던 울분이 어느 정도 가라앉았을 것이 아니오."

"울분이 가라앉았다고? 문제 삼지 않겠다고? 하하하하하! 살고 싶어서 발악하는데 아직 정신은 못 차렸구나. 하나, 나는 너를 살려 줄 생각이 없으니 이를 어쩐다?"

"다, 다시 생각을 해 보시……."

써걱-!

섬뜩한 소리와 함께 자신의 몸에 무언가가 지나가는 기분이 들었다.

그 소리와 함께 천민우가 눈에 들어왔고 그의 검 끝에 피가 맺혀 있는 것이 아주 선명하게 보였다.

설마 하는 마음에 고개를 내려 바라보니 가슴부터 빨간 실선이 쭈욱 이어져 있었다.

실선에서 피가 분출되면서 몸이 갈라졌다.

천종훈은 자신의 갈라진 몸을 바라보며 믿을 수 없는 눈을 하면서 서서히 무너져 내렸다.

쿵-!

흥건한 피를 바닥에 뿌리며 무너져 내린 천종훈을 보며 그곳에 있는 사람들은 경악했다.

임금이 미쳤다고 생각하며 어찌해야 할 바를 몰라 했다.

그리고 이어지는 광경에 사람들은 그제야 깨달았다. 자신들이 외통수에 걸렸다는 것을.

자신들이 왕을 농락한 것이 아니라 왕이 자신들을 함정에 빠뜨리고 농락했다는 것을 말이다.

"당장 주상 전하를 능멸한 이 역적 놈들을 모조리 처단하라!"

천민우가 어딘가를 향해 사자후를 외쳤다.

그러자 기다렸다는 듯이 수많은 사람이 담을 넘고 문을 박차고 천씨 일가의 저택으로 들어오기 시작했다.

순식간에 저택을 포위한 수많은 무인이 일제히 엄청난 살기를 내뿜기 시작했다.

바깥에도 수천의 군대가 집 주변을 포위한 채로 임금의 명만 떨어지기를 기다리고 있었다.

"주상 전하를 위하여!"

"충! 충! 충!"

사방에서 장엄하게 울려 퍼지는 목소리에 양반들은 바들바들 떨며 이러지도 저러지도 못한 채 허둥대고 있었다.

그런 그들을 바라보며 영웅이 미소를 지으며 나직하게 말했다.

"내가 말했지? 꿇으라고."

갑작스러운 전개에 믿을 수 없다는 표정으로 연신 눈을 이리저리 굴리고 있는 양반들이었다.

왕은 호위 무사만 믿고 이런 일을 저지른 것이 아니었다. 임금에게는 이미 엄청난 힘이 있었던 것이다. 그런 그들의 귀에 생생하게 울려 퍼지는 영웅의 목소리였다.

"이제 늦었어. 분명히 말해 두지. 나는 기회를 무려 두 번이나 주었다. 원래는 살려 주려 했으나…… 너희의 행동은 좀 과했어. 부디 나를 원망하지 않았으면 좋겠군."

"저, 전하?"

그랬다. 원래 영웅은 그래도 살려서 나랏일에 부려 먹으려고 했었다. 하지만 이들이 영웅에게 한 행동들은 그것을 점차 희석시켰고, 오늘 마지막으로 간신히 견디고 있던 이성의 끈을 끊어 버렸다.

영웅은 결심했다.

이들은 앞으로의 조선에 하등 필요하지 않은 존재들이라는 것을 말이다.

상한 귤이 아깝다고 놔두면 주변의 귤까지 상해 버린다. 재빨리 그것을 처리해야 남은 귤들을 맛있게 먹을 수 있는 것이다.

영웅에게 이들은 이제 먹을 수 없는 상한 귤일 뿐이었다.

영웅의 서슬 퍼런 목소리와 눈빛을 본 사람들은 그제야 현 사태를 파악하고 무릎을 꿇기 시작했다.

"전하……. 사, 살려 주……."

슈각–!

"커헉!"

"저, 전하! 부디 요……."

"전하!"

"전하!"

써걱– 써걱–!

여기저기서 용서를 빌며 꿇기 위해 무릎을 굽히는 순간 목이 떨어져 나가는 사람들.

그 모습에 기겁한 사람들이 다시 몸을 벌떡 일으키며 영웅에게 외쳤다.

"저, 전하! 이, 이곳에 있는 자들을 전부 죽이실 생각이십니까?"

누군가가 물었다.

그러자 영웅이 태연한 표정으로 대답했다.

"임금을 능멸한 놈들을 그럼 살려 주리?"

"전하! 이곳에 있는 자들은 모두 나랏일을 하는 대신들이옵니다! 이들을 모두 죽이신다면 전하께서도 곤란하실 것이옵니다!"

"맞습니다! 저희가 없다면 누가 나랏일을 하겠습니까!"

그들은 영웅이 자신들 전부를 죽이지는 못하리라고 장담했다.

자신들이 없으면 누가 나랏일을 한단 말인가.

하지만 뒤이어 나온 영웅의 말은 그들에게 절망을 안겨 주었다.

"나랏일? 나랏일이라고? 하하하하하! 근래에 들었던 이야기 중에 가장 웃긴 이야기구나. 나랏일을 한 적도 없는 놈들이 나랏일을 입에 담다니."

"저, 전하?"

"네놈들이 없어도 나라가 돌아가는 데는 큰 문제가 없을 것 같구나. 아니지, 오히려 더 잘 돌아가려나? 그건 내가 감당해야 할 문제니라. 곧 목 없는 시체가 될 놈들이 걱정할 문제가 아닌 것 같은데?"

자비라고는 조금도 보이지 않는 차가운 말에 대신들은 자신들이 잘못 생각했음을 깨달았다.

그런 그들을 바라보며 영웅은 자신이 살면서 한 말 중에 가장 잔인한 명령을 내린다.

"세상에 하등 필요 없는 버러지 같은 존재들이다. 전부…… 지워 버려."

"충!"

명령을 내린 뒤에 뒤도 안 보고 돌아선 영웅은 밖으로 나와 두려운 눈빛으로 자신을 바라보는 백성들의 앞에 섰다.

영웅은 자신을 두려운 눈빛으로 바들거리며 바라보는 백성들을 하나하나 둘러보았다.

그리고 이내 큰 소리로 그곳에 있는 모든 이가 들을 수 있도록 외쳤다.

"이제부터! 이 나라 조선은 양반의 나라가 아닌 민초들의 나라가 될 것이다! 먹고사는 걱정이 없는 나라! 차별이 없는 그런 나라를 과인이 만들 것이다!"

영웅의 외침에 고요했던 거리 한 곳에서 누군가가 소리쳤다.

"주, 주상 전하! 처, 천세! 천세! 천천세!"

그 소리가 도화선이 되어 그곳에 모인 모든 백성들이 일제히 엎드리며 같은 소리를 외치며 눈물을 흘렸다.

"주상 전하! 천세! 천세! 천천세!"

그 모습을 한참 지켜보던 영웅은 몸을 돌려 대궐로 향하기 시작했다.

한편, 영웅이 떠난 천씨 일가의 저택에선 피의 살육이 벌어지고 있었다.

"단 한 명도 살려 두지 말라는 주상 전하의 엄명이다! 모조리 죽여라!"

천민우의 서슬 퍼런 외침에 군사들은 자비 없는 공격을 하기 시작했다.

"사, 살려 줘!"

"으아악!"

"제, 제발 살려 주시오!"

"으아아악! 나, 나는 아직 죽기 싫어!"

언제나 풍악 소리와 함께 음식 냄새를 사방에 풍기던 천씨 일가의 저택에서 비명 소리와 피비린내가 풍겨 나오기 시작했다.

"뭐라? 주, 주상께서 뭐를 해?"

대왕대비전으로 다급하게 들어간 내관이 식은땀을 연신 흘리며 올린 보고에 대비가 엄청난 충격에 휘청거리면서 다시 물었다.

"처, 천씨 일가를 역모죄로 다스린다고 하십니다! 이, 이미 천종훈 대감의 자택에 있는 천씨 일가들은 모조리 주살했다고 하옵니다!"

"그, 그게 무, 무슨……."

털썩-!

"마마! 마마!"

자리에 주저앉은 대왕대비에게 달려드는 나인들이었다.

그런 나인들의 손을 뿌리치고는 앞에서 오들오들 떨고 있는 내관을 노려보며 말했다.

"지, 지금 그것이 전부 사실이란 말이더냐? 주상께서……. 내 가문을 역적이라고 선포하셨다고? 그것도 모자라…….

내, 내 동생을 처, 처단하셨다고?"

"그러하옵니다! 마마!"

"주상이…… 미친 게로구나. 미쳤어!"

대왕대비가 비틀거리며 몸을 다시 일으켰다. 나인들은 재빨리 옆으로 가 그녀를 부축했다.

대왕대비는 그런 나인들의 손을 뿌리치며 외쳤다.

"당장 주상께 가겠다. 안내하라!"

"마마! 지, 지금은 상황이 좋지 못하옵니다. 저들이 먼저 주상을 능멸하고 모욕한 것을 그곳에 있던 모든 백성들이 보았습니다!"

"뭐라? 그, 그것을 어찌 백성들이 본단 말이냐!"

"주상께서 행차하시는 것을 따라갔다고 하옵니다."

"아무리 그래도 그렇지, 나에게 의논도 없이 어찌 나의 가문을 역적으로 몰 수가 있단 말이냐! 당장 앞장서라!"

"마마!"

"비켜라!"

대왕대비는 자신을 막는 내관을 물러서게 하고는 영웅이 있는 강녕전으로 향했다.

그녀는 지금 이 믿을 수 없는 현실에 제발 내관이 어디서 잘못된 정보를 듣고 온 것이길 간절히 바라며 강녕전으로 한 걸음 한 걸음을 내디뎠다.

그리고 강녕전에서 마주친 영웅의 모습은 더 이상 자신이 알고 있던 순박한 시골 총각이 아니었다.

세상 모든 것을 전부 불태울 듯한 살기가 넘실거리는 남자.

그가 바로 지금 자신의 눈앞에 있는 임금이었다.

"주, 주상?"

대왕대비는 완전히 다른 사람이 된 왕을 보며 당황한 표정을 지었다.

살벌한 기운을 풍기는 왕을 보자 내관이 자신에게 말한 것이 거짓이 아닌 현실임을 깨달은 것이다.

"마마께서 여기까진 어인 일이십니까?"

평소와는 다른 냉소적인 말투였다.

"주, 주상. 주상께서 우리 집안을 역적 집안이라 하셨다는 말을 듣고 내 이렇게 다급하게 오는 길이오. 아, 아니지요? 주상?"

제발 아니라는 말이 입에서 나오길 간절히 바라며 바라보았지만, 임금의 입에서는 절망적인 답변이 흘러나왔다.

"맞습니다. 역적 집안이 되었지요. 마마는 걱정하지 마십시오. 살려는 드릴 테니."

냉소적인 말투와 궁궐 예법은 모조리 버린 듯한 말투였다.

"그, 그게 지금 무슨 소리요! 주상! 어찌 그러실 수 있단 말이오!"

"어찌 그럴 수 있다니? 나라를 좀먹고 백성들의 고혈을 빨아먹던 버러지들을 치우겠다는데 어찌 그러십니까?"
"나의 집안이라고 하였소! 주상!"
"마마의 집안이니 단속을 제대로 하셨어야죠. 안 그렇습니까? 방관이 어찌 보면 가장 큰 죄입니다, 마마."
"주, 주상?"
"뭣들 하느냐. 당장 마마를 모셔 가지 않고."
영웅의 명이 떨어졌음에도 대왕대비의 눈치만 살피며 움직이지 않는 내관들이었다.
좌하학-!
그러자 옆에 있던 태성이 머뭇거리는 내관의 팔을 잘라 버렸다.
"끄아아아아악!"
고통에 몸부림치면서 바닥을 뒹구는 내관과 팔이 잘리면서 튄 피로 얼굴 전체가 피범벅이 된 대왕대비의 모습은 그곳에 있던 다른 내관들을 기겁하게 했다.
"히익!"
대왕대비는 지금 벌어진 일에 정신이 나가고 있었다.
안 그래도 엄청난 소리를 들어 정신적 충격을 받은 데다, 영웅에게 2차 충격을 받았고 지금 자신의 눈앞에서 뿌려지는 피 분수에 3차 충격까지 받았다.
서서히 몸이 무너지며 바닥으로 쓰러지는 대왕대비였다.
"마마! 마마! 정신 차리시옵소서! 마마!"

쓰러진 대왕대비를 바라보며 어찌할 바를 몰라 허둥지둥 하는 내관들에게 영웅이 다시 명령을 내렸다.

"잘 모시고 가서 간호 잘해 드리거라. 그리고 경고하는데 다음에 또 내 명에 우물쭈물하면 그땐 팔이 아니라 네놈들의 목을 수거해 갈 테니 명심, 또 명심하거라."

"아, 알겠사옵니다! 저, 전하!"

내관들의 대답을 듣는 둥 마는 둥 하면서 자신이 기거하는 강녕전으로 들어가는 영웅이었다.

천지개벽(天地開闢).

지금 조선의 백성들이 느끼는 감정이었다.

강화에서 농사를 짓던 촌놈이 임금이 되었다는 소리에 천씨 일가의 꼭두각시라 생각을 하며 기대하지 않았는데, 그 임금이라는 자가 엄청난 일을 벌인 것이다.

현재 조선에서 무소불위의 권력을 지닌 천씨 일가를 임금이 숙청한 것이다. 그것도 천씨 일가를 진두지휘하며 이끌고 있는 수장 천종훈과 천씨 일가의 장손을 그 자리에서 처단한 것이다.

그와 동시에 그곳에 있던 수많은 양반과 대신도 임금이 내린 명령에 고인이 되었다.

그들이 목숨을 잃은 이유는 임금이 천씨 일가에 모욕을 당하고 있음에도 그 누구도 나선 이가 없다는 것이었다.

그것은 그곳에 있던 백성들이 모두 지켜본 사실이다.

천씨 일가는 그 장면을 통해 백성들에게 대항할 의지를 꺾게끔 하려 했지만, 정반대의 결과로 자신들이 몰살되게 생겼다.

그나마 다행인 것은 나주 지방에 있는 천씨 일가는 무사하다는 것이었다.

한양에 있는 사람들만 초대해서 벌인 잔치인 데다, 애초에 목적이 임금에게 굴욕감과 좌절감을 주기 위해 만든 자리였기에 자신의 식구들을 부르지 않았다.

이 사건은 순식간에 전국으로 이야기가 퍼졌고 조선의 모든 유생과 양반들이 들고일어나는 계기가 되었다.

나주에 있는 천씨 일가의 저택에서는 연일 심각한 회의가 계속 이어지고 있었다.

그곳에는 천씨 일가뿐 아니라 그들과 연관되어 있는 수많은 양반 가문이 회의에 참석하고 있었다.

"당장 군사를 끌고 올라가서 그놈을 끌어내리고 목을 쳐서 영상 대감의 원혼을 갚아야 할 것이 아니오! 언제까지 여기에 앉아서 탁상공론만 벌일 참이오!"

한양에서 천종훈이 권력을 잡고 있다면 나주에선 천종현이라는 자가 실권을 잡고 있었다.

지금 흥분을 하며 발언하는 자는 그의 아들인 천용기였다.

천종훈과 천용민이 사라진 지금 이들이 사실상 천씨 일가의 수장과 후계자였다.

천용기의 발언에 사람들이 저마다 의견을 내었다.

"지금 임금의 곁에는 괴물 같은 무사들이 수두룩하다고 하오. 어디서 데려왔는지 모르겠지만 그들이 가장 큰 문제요. 또한, 그들이 이끄는 군대는 하늘에서 내려온 천군(天軍) 같다고 하오. 순식간에 금군과 우리 손아귀에 있던 한양 수비군들이 제압을 당했다고 하오."

"그딴 헛소문을 믿는 것이오? 직접 보았소? 원래 소문이라는 것은 부풀려지기 마련이오. 너무도 충격적인 이야기에 이 사람 저 사람을 통해 구전되면서 부풀어진 것이 분명하고."

천용기는 소문을 믿지 않았다.

한양에 있는 자신의 세력이 모두 숙청을 당했기에 아직 정확한 정보가 나주까지 내려오지 않은 상태였다.

"어찌 되었든 한양에 있는 우리 가문이 박살 난 것은 분명한 사실이 아닌가."

누군가의 말에 천용기가 다시 입을 열려 했지만, 그것을 천종현이 제지했다.

"너는 입 좀 다물고 있거라. 어딜 나서는 것이냐."

천종훈이 사라진 지금 천씨 세가의 수장이 된 자신의 아버지였다.

"죄, 죄송합니다."

천용기는 고개를 숙이고 자신의 자리에 조용히 앉았다.

그 모습을 잠시 바라보던 천종현이 자신의 의견을 말했다.

"소문이든 뭐든 일단 우리 가문에 비상이 걸린 것은 분명한 사실이다. 허수아비인 줄 알았던 왕이 실상은 이빨을 숨긴 호랑이였다. 이제는 그를 허수아비 왕이 아닌 우리의 생존을 위협하는 호랑이로 상정하고 전략을 짜야 할 것이다."

"맞습니다. 이제 그의 실상을 알게 되었으니 그에 맞춰서 전략을 준비해야 합니다."

"전국의 양반들을 규합하면 어떻겠습니까? 중앙에서 내리는 모든 명령도 무시하고 과거 시험도 보지 맙시다. 나랏일을 할 양반들이 없으면 곤란한 것은 자기들이라는 것을 깨닫게 해 주어야 합니다."

"옳은 말씀이십니다. 우리의 소중함을 모르고 계신 것 같으니 이참에 알려 드리는 것이 좋겠습니다."

저마다 의견을 내며 순식간에 방이 시끄러워졌다.

탕탕탕-!

"조용! 조용!"

천종현이 책상을 두드리며 사람들을 조용히 시켰다.

"너희의 의견이 전부 맞다. 자신이 누구 덕에 그 자리에 앉았는지도 모르는 저 은혜를 모르는 인간에게 우리의 무서움을 보여 줘야 한다."

"맞습니다. 더 늦기 전에 우리의 무서움을 보여 줘야 합니다. 이 일로 인해 수많은 백성이 임금에게 희망을 품기 시작했습니다. 민심이 임금의 편에 서서 들고일어나면 우리의 세상은 끝입니다."

"그것보다 함씨 놈들이 문제입니다. 지금 이 상황을 누구보다 기다리던 놈들이 아닙니까. 그들이 임금의 편에 선다면 우리의 입지가 위험해질 수도 있습니다."

"대비마마가 우리 집안사람이고 중전마마도 우리 집안사람이오. 제깟 놈들이 뭘 어찌한단 말이오?"

저마다 의견을 내며 흥분한 듯 목소리를 올리자, 천종현이 모두 조용히 시키고 지시를 내렸다.

"함씨도 지금 상황에서 임금에게 붙지는 못할 것이다. 조정에서 일할 대신들을 가차 없이 처단한 임금이다. 함씨라고 무사했을 것 같으냐? 아마 그들도 임금을 향해 이를 갈고 있을 것이다."

"그러면 어찌하면 좋겠습니까?"

"뭘 어찌하느냐? 지금 조선의 양반가 중에서 우리의 눈치를 보지 않는 집안이 없다. 하나, 더 늦게 움직였다가는 기회를 틈타 임금 쪽에 붙는 놈들도 나오겠지. 그러니 속전속결로 행동해야겠다. 전국에 있는 서원들에 연통을 넣어라. 하늘을 바꾸어야 할 것 같으니 준비하라고."

"알겠습니다!"

적막함이 내려앉은 강녕전.

그곳에서 네 사람이 조촐한 술상을 앞에 차려 놓고 대화하고 있었다.

"주군, 모든 준비가 다 끝났습니다."

차태성의 말에 영웅이 눈을 반짝이며 몸을 앞으로 바짝 당겨 은근한 목소리로 물었다.

"그래? 사람들을 확실하게 세뇌했지?"

"그렇습니다. 주군 덕에 제 환술 스킬 레벨이 올라 손쉽게 할 수 있었습니다."

한양에 있는 천종훈의 저택에서 한바탕 난리가 일어난 후에 모든 대신들이 업무 보기를 거부하고 농성에 들어간 상태였다.

하루가 멀다 않고 밖에서 연신 농성을 하며 통촉을 외치고 있었다.

물론, 그것을 무서워할 영웅이 아니었다.

영웅은 태성의 능력을 이용해서 인재를 육성하기 시작했다.

차태성의 능력은 환술. 그중에서도 사람을 현혹하고 세뇌하는 데 특화되어 있었다.

영웅은 만물의 눈을 이용해서 인재를 찾아내었다. 만물의 눈으로 일반인들을 계속 바라보았더니 어느 순간 인재력이라는 능력이 새로 생겼다.

만물의 눈에도 경험치가 쌓이는 것이었다.

이것을 하게 된 이유는 우연히 수하들이 하는 이야기를 듣고 나서였다.

차태성과 임시혁이 자신들의 아이템 경험치에 관해 이야기하는 것을 들었고 그것을 들은 영웅은 그 뒤로 툭하면 만물의 눈을 끼고 다녔다.

이 시대에도 안경이 존재했기에 그것을 이상하게 여기는 사람은 없었다.

사실 왕에게 관심을 가진 자들 자체가 없었다는 것이 더 정확했다.

그것이 오히려 영웅과 일행들이 더 자유롭게 지금처럼 일을 꾸밀 수 있는 계기가 되었다.

천씨 일가와 양반가들, 그리고 궐내에 있는 대신들을 치기 전에 이미 인재를 찾아내고 그들에게 현대의 지식을 강제로 새겨 넣는 작업을 하였다.

그래서 차태성의 빈자리를 채울 사람이 필요했고 그 적임자가 바로 천민우였다.

자연스럽게 천민우가 영웅의 곁을 지키는 호위가 된 것이다.

이곳에서 천민우의 노화가 진행되지 않도록 그에게 노화를 방지해 주는 불사조의 눈이라는 아이템을 넘겨준 것은 덤이었다.

"그럼 언제부터 그들을 투입할 수 있지?"

"다음 주쯤이면 모든 업무가 정상으로 돌아올 것으로 보입니다."

차태성의 말에 영웅이 고개를 끄덕였다.

이제 저들을 업무에 투입하기 전에 방해꾼들을 치워야 할 시간이었다.

영웅이 천민우를 바라보며 물었다.

"저들의 동태는?"

"네! 지금 전국의 서원들을 통해 양반들을 규합하고 있다 합니다. 또한, 자신들에게 붙는 양민들에게 훗날 양반의 자리에 오를 수 있는 공명첩을 주겠다며 수많은 양인까지 꼬드기고 있는 상태입니다. 거기에 그들에게 속해 있는 수많은 노비에겐 자신들을 위해 목숨 걸고 싸우면 그 부인과 자식들은 면천(免賤)시켜 주겠다고 말한 상태입니다."

"그에 따르는 자들 수가 어느 정도나 되지?"

"일단 조선의 대다수 양반이 전부 들고일어난 상태라고 보시면 됩니다. 거기에 양반이 될 기회를 얻었다고 생각한 수많은 양인까지 가세해서 그 수가 수십만에 달한다고 합니다.”

영웅의 표정이 일그러졌다.

적당히 고개를 굽히고 들어오면 못 이기는 척하고 한발 물러서려고 했다. 자신이 살인귀도 아니고 저들을 전부 죽일 생각은 없었기 때문이었다.

하지만 지금 이야기를 들으니 적당히 할 생각들이 없어 보였다.

현재 조선을 지배하고 있다고 생각하는 그들이었고 왕은 자신들의 말을 따라야 하는 상징적인 존재라고 생각하기에 가능한 일이었다.

그들의 일거수일투족은 각성자의 아이템인 격장유이(隔牆有耳)로 모조리 파악하고 있었다.

격장유이는 쉽게 풀이하면 '낮말은 새가 듣고 밤말은 쥐가 듣는다'.

천민우는 연준혁의 도움을 받아 이 아이템을 잔뜩 가져와서 전국에 뿌렸다.

아이템은 투명한 상태에서 날아다니다가 특정한 단어를 듣게 되면 그 사람에게 달라붙는다.

그 뒤로 모든 대화는 각성자들이 전용으로 사용하는 각성자 노트북으로 전송된다.

사람들이 말하는 모든 내용은 메신저에 채팅창처럼 올라오기 시작했고 그것을 보고 정보를 파악하는 것이다.

"어찌하면 좋을까?"

영웅이 인상을 찡그리며 묻자 천민우가 콧김을 내뿜으며 말했다.

"감히 나라의 하늘인 임금에게 반역을 꾀하는 자들입니다. 가만두어서는 안 됩니다."

"맞습니다. 역사를 자세히 몰랐는데 이번 일을 계기로 자세히 공부해 보니 정말 말도 안 되는 시절이었습니다. 비록 우리가 아는 역사와 전혀 다른 조선이지만, 평행세상답게 그 역사의 틀은 그대로 흘러가고 있습니다. 이대로 두었다간 역사의 흐름대로 약소국이 되어 강대국의 먹잇감이 되겠지요."

"저도 이들과 같은 생각입니다."

5장

수하들의 대답에 영웅은 고민에 고민을 거듭했다.

영웅이 마음만 먹는다면 저자들을 처리하는 것은 일도 아니었다.

그들이 모여 있는 곳으로 가서 그곳을 통째로 날려 버리면 되는 일이었다.

그건 영웅에게 어려운 일이 아니었다.

행성도 가볍게 날려 버리는 판에 작은 고을 하나 날리는 게 뭐 대수겠는가.

하지만 그러기엔 잘못이 없는 사람이 있을 수도 있다는 것이 문제였다.

자신의 의사와는 상관없이 끌려 나온 사람도 많을 것이다.

이 시대가 그런 시대였으니까.

이것이 영웅을 고민하게 했다.

"일단은 될 수 있으면 죽이진 말고. 혹시 또 모르잖아. 어쩔 수 없이 끌려 나온 억울한 사람이 있을 수도 있으니까."

"그럼 어찌할까요?"

"수뇌부만 족쳐야겠지."

"수뇌부라 하심은?"

"뭘 물어? 양반들이지. 이번 기회에 이 나라에 신분제를 없애 버려야겠어."

"좋은 생각입니다."

"그럼 저희가 지금 당장 나가서 손을 좀 볼까요?"

그 말에 영웅이 고개를 저었다.

"아니야. 모든 이가 보는 앞에서 압도적인 광경을 보여야 해. 두 번 다시는 기어오르지 못할 정도로 압도적인 모습을 말이지."

"좋은 방법이 있으십니까?"

그 말에 영웅이 미소를 지으며 말했다.

"내 식대로 간다."

영웅의 말에 다들 고개를 갸웃거리다가 표정이 굳었다.

"설마 힘을 드러내신다는 말씀입니까?"

영웅은 고개를 끄덕였다.

"괜찮으시겠습니까?"

"괜찮지. 지금 이곳에서 나는 평범한 임금이 아닌 신과 같은 임금이 되어야 해. 그래야 지금의 조선을 휘어잡고 개혁을 할 수 있다."

영웅의 말에 다들 잠시 바라보다가 결연한 표정을 지으며 고개를 끄덕였다.

"주군의 뜻대로 하십시오!"

천민우의 말처럼 영천에 있는 소수 서원에 양반가들을 대표하는 자들이 일제히 모여 당당하게 반정을 선포했다.

현재 조선의 왕인 영웅은 제2의 연산군이라며, 이대로 두었다간 조선의 앞날이 풍전등화라는 것이 그 이유였다.

제2의 연산군이 된 이유는 아무 이유 없이 생일잔치를 하던 양반가들을 기분이 나쁘다는 이유로 모조리 죽였다는 것이었다.

물론, 그 자리에 있던 수많은 군중의 이야기들은 헛소문으로 정리해 버렸다.

그들에겐 그것이 가능한 권력, 그리고 재물과 인력이 있었다.

거기에 자신들과 함께하면 양반으로 신분 상승을 시켜 주겠다는 말과 면천을 시켜 주겠다는 소리에 수많은 사람까지 가세했다.

그것으로 부족해서 나라를 지키는 장수들마저 가세하면서 그 세가 엄청나게 부풀어 가기 시작했다.

천씨 일가는 병법에 대해선 장수들에게 맡기고 자신들은 총대장 자리에 앉았다.

"모든 준비가 끝났소. 현재 궁궐의 상황은 어떻소?"

"현재 궁궐에는 수많은 양인이 바글거리고 있다고 합니다. 임금이 무언가를 지시한 모양인데 그들이 무엇을 하고 있는지는 확인하지 못했습니다."

"흥! 뭐긴 뭐겠습니까? 우리가 전부 사라지니 국정을 운영할 사람이 없으니 그러는 것이 아니겠소. 발등에 불이 떨어진 게지."

"어찌 되었든 이른 시일 내로 끝냅시다. 이번 반정으로 인해 들어간 돈이 천문학적인 수준이오. 괜히 더 시일을 끌어서 자금을 허비하지 말고 올라갑시다."

"맞습니다. 도성을 지키는 군사들도 우리에게 붙은 마당에 무엇을 두려워하십니까? 지금 당장 진격합시다."

당장 도성으로 진격하자는 쪽으로 의견이 모이고 있을 때 밖에서 누군가가 다급하게 외쳤다.

"대, 대감마님! 대감마님!"

"무슨 일이더냐?"

"하, 한양에서 사람이 왔습니다!"

"무슨 일로 왔다고 하더냐?"

"하, 한양에 있는 임금에게서 어명이 내려왔다고 합니다. 어찌할까요?"

어명이라는 소리에 사람들이 우르르 밖으로 나왔다.

"뭐라고 하였느냐? 어명?"

"그, 그렇습니다. 지, 지금 문밖에 어명이라며 서신을 들고 온 자가 있습니다."

"하하하하. 어명이라. 그래, 어디 한번 들어나 보자꾸나. 지엄하신 국왕의 어명이니 들어는 드려야지."

그곳에 모인 사람들은 어명이라는 소리에 두려움이 아닌 재미난 구경거리를 보러 가는 사람들처럼 입가에 미소를 지으며 어명을 가져온 자에게 향했다.

문이 있는 곳으로 가니 상선이 동공을 이리저리 굴리며 두려운 표정으로 그곳에 서 있었다.

그에 현재 이 무리를 이끄는 천씨 일가의 새로운 수장, 천종현이 반가운 표정으로 다가갔다.

"하하, 이게 누구신가? 상선 아니신가?"

천종현이 자신을 반기며 말하자 상선이 고개를 연신 굽신거리며 인사를 했다.

"그, 그간 잘 지내셨습니까? 대감."

"하하하. 왜 이러시오, 상선. 우리가 모르고 지내는 사이도 아니고. 자 자, 긴장을 푸세요."

"가, 감사합니다."

"그래. 어명을 가지고 오셨다고요?"

"그, 그렇습니다."

"한번 들어나 봅시다. 읽어 보세요."

"대, 대감."

상선은 연신 식은땀을 흘리며 난감한 표정을 지었다.

그러자 천종현이 상선의 어깨를 두드리며 안심을 시켰다.

"걱정하지 마세요, 상선. 제가 설마 상선을 어찌하겠습니까? 이게 다 저 위에서 세상 물정 모르는 촌뜨기 때문에 벌어진 일이 아닙니까. 상선께는 그 어떤 해도 가지 않을 테니 걱정하지 마시고 어서 읽어 보세요."

천종현의 말에 그제야 안심이 되었는지 작게 한숨을 쉬고는 옆에 다른 내관이 들고 있는 서신을 넘겨받아 펼쳤다.

"처, 천씨 일가를 비롯한 모든 양반가는 들어라. 지금이라도 잘못을 인지하고 고개를 숙이고 들어온다면 크게 벌하진 않겠다. 하루속히 자신들의 업무에 복귀하여 백성들을 위해 분골쇄신하라. 이 어명을 따르지 않아서 벌어질 최악의 상황은 피하길 바란다."

상선은 어명을 읽고는 연신 사람들의 눈치를 살폈다.

다행히 천종현의 표정이 심각하진 않았다.

오히려 즐거운 표정으로 서신을 빼앗아 들고는 계속 읽고 또 읽었다.

그러더니 어명이 적혀 있는 서신을 바닥으로 던지더니 발로 마구 밟았다.

"크크큭! 이제야 사태의 심각성을 인지한 모양이군. 하나, 방법이 틀렸다. 우리에게 잘못했다는 서신을 보내도 부족할 판에 뭐? 지금이라도 복귀를 하면 크게 벌하지 않겠다고?"

"아직 정신을 못 차린 모양입니다."

"맞습니다! 왕좌에 앉혀 줬더니 은혜를 모르고 저리도 오만방자하게 행동하다니. 이참에 다른 말 잘 듣는 왕족으로 바꿉시다!"

"옳소!"

왕의 서신은 오히려 그들의 의지를 더욱더 활활 타오르게 했다.

천종현은 상선에게 다가가 어깨동무를 하고는 어디론가로 그를 데려갔다.

연신 오들오들 떠는 상선을 보며 비릿한 미소를 짓는 천종현이었다.

그가 두려워할수록 임금에게 더욱더 생생하게 사태의 심각함을 전달해 줄 것이기에 그냥 그대로 두었다.

천종현이 상선을 데리고 간 곳은 평야 지대가 한눈에 보이는 산의 중턱이었다.

그곳에 올라서니 사방에 올라오는 엄청난 양의 연기가 보였다.

밥을 짓고 있는 임시 가마의 숫자들이었다.

그리고 상선의 눈에 보인 것은 어마어마한 수의 병력이었다.

눈이 찢어져라 커진 상선이 오들오들 떨면서 그 광경을 지켜보자 천종현이 말했다.

"가서 여기 상황을 정확하게 전달하세요. 그리고 전하세요. 얼마 남지 않은 목숨 최선을 다해 즐기라고."

"아, 알겠습니다. 대, 대감."

"그럼 어서 가 보세요. 먼 길 돌아가야 하니."

천종현의 말에 상선은 그 자리에서 서둘러 벗어나 뒤도 돌아보지 않고 산 아래로 뛰어 내려가기 시작했다.

저 멀리서 굴러떨어지는 소리도 들려왔지만 천종현은 그저 미소만 지으며 산 아래 펼쳐진 자신의 군대를 흐뭇한 표정으로 바라보았다.

"호오, 내 어명을 거절한 것도 모자라서 내가 직접 적은 서신을 땅에 던지고 발로 밟았다고 하였느냐?"

"그, 그렇습니다. 전하!"

"그리고 수만에 달하는 병력이 집결하고 있다고?"

"그, 그렇습니다. 어, 어서 피하심이 좋으실 듯하옵니다!"

상선은 연신 고개를 조아리며 영웅에게 어서 피하라고 권하고 있었다.

그 모습에 영웅은 고개를 갸웃거리며 물었다.

"너는 어찌하여 저들에게 붙지 않는 것이냐? 저들에게 붙으면 너의 여생도 편할 것을."

그러자 상선이 고개를 조아리며 말했다.

"소신에게 주군은 오로지 전하뿐이옵니다. 저들이 무서운 것은 소신도 마찬가지이오나 그렇다고 주군을 버리고 저들에게 붙을 수는 없사옵니다."

"허. 무능한 왕인데도 어찌 그리 충성을 다 하느냐?"

"그런 말씀은 거두어 주시옵소서!"

"하하하하."

영웅은 상선의 모습을 보며 기분이 좋아졌다.

조선에 온 이후 처음으로 자신을 웃게 만드는 사람이었다.

"어찌하여 나에게 이리 충성을 다하는 것이냐? 내게 그 이유를 좀 알려 주겠느냐?"

영웅의 물음에 상선이 입을 열었다.

"소, 소신을 진정한 인간으로 대하신 분은 오로지 전하뿐이셨습니다."

이게 무슨 소리란 말인가?

"모든 이가 저를 환멸의 눈빛으로 바라보았지만, 전하께서는 그러지 않으셨습니다. 또한, 제 부모님께서 아프실 때

전하께서 보여 주신 은혜를 어찌 잊겠사옵니까."

은혜라는 말에 영웅이 무슨 소린가 곰곰이 생각했다.

"아, 그때 그 산삼을 말하는 것이냐?"

"그러하옵니다."

"내 곁에 있는 자의 가족이 아프다는데 그깟 산삼이 대수더냐."

이런 영웅의 말이 상선에게 더 크게 다가가고 있었다.

비록 같이 죽을 운명이었지만 상선은 크게 상관하지 않았다.

죽기 전에 자신이 그토록 원하던 진정한 주군을 만난 것에 만족할 뿐이었다.

상선은 다시 정신을 차리고 엎드려 외쳤다.

"전하! 부디 피하시옵소서! 머지않아 저들이 전하를 해하기 위해 진격할 것이옵니다!"

"언제쯤 진격할 것으로 보이던가?"

"빠르면 이번 주, 늦으면 다음 주쯤에 진격할 것으로 보였사옵니다."

"그렇군. 고생했다. 그만 나가 보아라."

"전하! 부디 몸을 피하시옵소서!"

거듭 간청하는 상선을 보며 영웅이 미소를 지으며 말했다.

"나를 주군이라 불러 주어 고맙다. 그러니 이 못난 주군을 한번 믿어 보지 않겠느냐?"

"저, 전하?"

"내 다 계획이 있어서 그러는 것이다."

영웅이 웃으며 부드럽게 말하자 상선은 잠시 머뭇거리다가 고개를 숙이며 말했다.

"아, 알겠사옵니다! 소신은 전하만 믿고 이만 물러가겠사옵니다."

영웅은 손짓으로 어서 가 보라고 흔들었다.

상선이 나간 뒤에 모습을 드러내는 한 사람.

바로 천민우였다.

"들었지? 저들이 내 경고를 무시했다네?"

"들었습니다."

이가 으스러지라 악다물면서 말하는 천민우의 목소리에는 한기가 가득했다.

"다행이야. 혹시라도 잘못했다며 달려서 올라오면 어쩌나 고민했는데. 후딱 처리하고 빨리 천지회주를 찾아보자."

"알겠습니다. 그럼 지시하신 것들을 모조리 준비해 두겠습니다."

"응, 부탁해."

"충!"

영웅의 말에 무언가를 준비하러 사라지는 천민우와 그런 천민우를 바라보며 의미심장한 미소를 짓는 영웅이었다.

시간은 흘러 어느덧 10일이 지났다.
반정군은 한양을 향해 진격을 시작했고 그 세력은 시간이 지남에 따라 점점 불어났다.
각 고을의 사또들까지 이들에게 잘 보이기 위해 병력을 차출해서 따라나선 것이다.
여기서 공을 세우면 그 공적을 인정받아 더 높은 곳으로 올라갈 수도 있었기 때문이었다.
그렇게 5만의 병력으로 시작된 반정군은 한양에 도달할 때쯤에는 20만에 달하는 병력이 되었다.
반정군의 수뇌부는 그런 자신들의 군세를 보며 득의양양했다.
"하하하하! 저것을 보십시오! 이 얼마나 엄청난 광경입니까?"
"맞습니다! 하하하. 이런 광경을 보면 다른 왕족들도 다시는 저희에게 대들지 못할 것입니다."
"그렇지요! 앞으로 우리에게 까불면 어찌 되는지 이번 기회에 왕족들에게 확실하게 각인을 시켜 두어야 합니다."
"자 자! 이제 멀지 않았습니다. 이르면 모레 저녁쯤에 궁에서 거하게 한잔 마실 수 있겠습니다."
"하하하하, 왕이 도망이나 가지 않았나 모르겠습니다."

사람들이 저마다 흥에 겨워서 떠들고 있을 때, 누군가가 안으로 들어와 서신을 전하고 나갔다.

그 서신을 받은 자가 그것을 가만히 보더니 크게 웃으며 말했다.

"하하하하! 재미난 소식이 들어왔습니다! 방금 들어온 소식에 의하면 왕이 어디론가 다급하게 나갔다고 합니다. 도망간 것일 수도 있지요."

그 말에 다들 크게 웃으며 왕을 조롱하며 떠들어 대기 시작했다.

"조선 팔도 어디를 가든 자신이 살 수 있는 곳은 없을 것인데. 쓸데없는 짓을 하는군요. 그냥 궁에 있다면 혹시 압니까? 동정심이 들어 목숨은 살려 줄지."

저마다 다 이긴 것이나 다름없는 표정으로 농담을 하며 웃고 떠들었다.

이번 반정은 식은 죽 먹기보다 쉽다고 생각하며 전혀 긴장조차 하지 않고 있었다.

그런 분위기는 그들을 따르는 병력에도 전해졌다.

반정을 일으키는 병력이었지만 그들에게는 조금의 긴장감도 느껴지지 않았다. 그저 한양까지 걷기만 하면 되는 일이라 생각했다.

전투가 일어날 것으로 생각하는 이는 한 명도 존재하지 않았다.

하지만 그것은 그들의 착각이었다.

반정군이 용인에 도착할 때쯤 어디선가 우렁찬 목소리가 들려왔다.

"멈춰라!"

갑자기 들려오는 엄청난 소리에 수십만의 병력이 일제히 움직임을 멈추고 소리가 들려온 방향을 바라보았다.

그곳엔 한 남자가 당당하게 서서 그들에게 소리치고 있었다.

"주상 전하의 전갈이다. 모두 똑똑히 들어라!"

남자의 외침에 반정의 수뇌부가 우습다는 표정으로 피식거렸다.

"어디 들어나 봅시다."

다들 고개를 끄덕이고는 소리치는 남자를 바라보았다.

남자는 바로 천민우였다.

천민우는 큰 소리로 외쳤다.

"주상 전하께서 말씀하셨다! 반역의 무리는 그 일족을 모조리 세상에서 지워 버릴 것이라고. 하지만 지금이라도 죄를 뉘우치고 돌아가고 전 재산을 상납한다면 목숨만은 살려 주겠다고 하셨다! 이것은 너그럽고 너그러우신 주상 전하께서 너희에게 내리는 큰 은혜다! 부디, 주상 전하의 높고도 높으신 은혜를 받들어라!"

천민우의 말을 들은 반정군의 수뇌부는 어이가 없는 표정으로 한두 명씩 웃기 시작했다.

그 웃음은 차츰 퍼져 나갔고 순식간에 모든 이들이 큰 소리로 웃었다.

그 웃음소리가 어찌나 컸던지 사방팔방으로 우렁차게 울려 퍼졌다.

"크하하하하하!"

천민우는 아랑곳하지 않고 하던 말을 이어 갔다.

"은혜를 저버리고 전진을 시작한다면 주상께서 친히 나서서 너희를 벌하실 것이다! 주상 전하는 하늘에서 내려오신 천신이시다! 이것이 나의 마지막 경고다! 천신님께서 지상에 강림하여 너희를 보살피러 오신 것이니 부디 그분의 뜻을 따라라!"

천민우의 말에 사람들의 웃음소리는 더욱 커졌다.

"크하하하하! 촌무지렁이가 천신이란다!"

"다급하긴 했나 봅니다! 저런 말도 안 되는 소리를 하다니!"

"자기가 천신이라고 하면 저기 있는 평민 놈들이 믿을 거라 생각했나 봅니다. 아무리 다급했다고는 하지만 천신이라니."

한참을 웃던 반정의 무리는 그들의 수장인 천종현이 손을 들자 순식간에 웃음을 멈추었다.

이로써 저들이 지금 조선의 주인으로 모시는 자가 누군지 확실하게 알 수 있었다.

"주상께 전하시오! 천신이면 어서 나타나 우리에게 천벌을 내려 보라고. 만약 정말로 천신이 맞다면 우리 모든 일족을 벌한다고 하여도 웃으며 받겠다고 말이오!"

천종현의 말에 천민우가 분한 표정으로 한참을 바라보다가 뒤돌아 사라졌다.

그 모습에 천종현이 외쳤다.

"아무래도 임금이 제정신이 아닌 모양이다. 전군은 들어라! 이 나라의 안위가 우리에게 달렸다! 서둘러 진격하라!"

"와아아아아아!"

천종현의 명에 수십만에 달하는 병력이 일제히 달리기 시작했다.

그로 인해 주변에 지진이라도 난 듯이 지면이 흔들리고 사람들의 발소리가 천지에 울려 퍼져 나갔다.

그렇게 사람들이 천민우가 있던 곳을 지날 때였다.

피피피피핑–!

무언가가 땅에서 솟아 올라오기 시작했다.

그것은 둥근 원반 같은 모양이었는데 여기저기 사방팔방에서 튀어 올라오고 있었다.

처음 보는 신기한 것에 사람들은 진격을 멈추고 그것을 바라보았다.

튀어 올라온 수천 개의 원반은 하늘 위에서 빙글빙글 돌고 있었다.

"저게 무어냐?"

"그, 글쎄 말이옵니다. 연 같기도 하고……. 처음 보는 물건이옵니다."

처음 보는 것이 하늘에서 빙글거리면 돌고 있으니 그것에 온 시선이 팔려 진격이 멈추었다.

곧 원반에서 이상한 소리가 나기 시작했고 그 소리가 자신들에게 재앙의 시작이라는 것을 깨닫기까지는 오랜 시간이 걸리지 않았다.

빠직- 빠지직-!

원반에서 작은 스파크들이 일어나기 시작하더니 이내 하늘에 떠 있는 수많은 원반끼리 그 스파크가 연결되기 시작했다.

그러더니 이내 엄청난 소리를 내며 뇌전(雷電)이 일어났다.

빠지지지지지직-!

그 뇌전은 땅 위에서 그것을 바라보는 반정군을 향해 비처럼 쏟아지기 시작했다.

정말로 천벌이 내리는 것처럼 뇌우가 사방에 뿌려졌다.

콰르르르르릉-!

빠지지지직-!

"끄아아아아악!"

"으아아아아악!"

"으카카카카칵!"

사방에서 뇌전에 감전된 사람들이 고통에 몸부림치기 시작했다.

뇌전은 땅에 있는 인간들을 매개체로 순식간에 수십만의 병력에 퍼져 나갔다.

뇌전에 감전된 사람들의 비명으로 그곳은 아비규환으로 변했다.

한편, 수뇌부는 다행히도 그 뇌전의 영역에서 벗어나 있었기에 피해를 당하지 않았다.

하지만 그들의 눈에 보이는 엄청난 광경에 심적인 타격을 입은 상태였다.

"지, 진짜……. 처, 천벌이……."

그들의 눈에는 그 뇌전들이 하늘에서 뿌리는 천벌 같아 보였다.

"하, 하늘이 내린다는 왕을 우리 맘대로 바꾸려 해서 정말로 하늘이 노했나 봅니다."

"저, 정말로 천벌입니다. 대, 대감! 어찌합니까!"

다들 엄청난 충격에 허둥대며 당황해 댔다.

그것은 천종현 역시 마찬가지였다.

머리털 나고 처음 보는 엄청난 광경에 입을 다물지 못하는 것은 매한가지였다.

그런 그들의 귀에 목소리가 들려왔다.

"기세등등하더니 다들 왜 그러고 있어?"

갑작스럽게 들려온 목소리에 다들 화들짝 놀라서 뒤를 돌아보았다.

그곳에는 한 남자가 곤룡포를 입은 채 뒷짐을 지고 서 있었다.

“너희가 나를 몰라볼 것 같아서 일부러 곤룡포를 입고 와봤는데. 어때? 괜찮아?”

영웅이 반정군의 수뇌부를 바라보며 비꼬는 말투로 말을 하고 있었다.

그중 천종현이 이를 갈면서 말했다.

“주상! 이 모든 것은 주상이 자초한 일이시오!”

“응? 내가? 내가 뭘 자초했지?”

영웅이 고개를 갸웃거리며 물었다.

“주상을 그 자리에 앉혀 준 우리 가문과 수많은 양반가에게 적의를 드러낸 것이 바로 그것이오!”

“그걸 적의라고 하나? 나는 내 자리를 찾는 거라 생각했는데?”

“은혜를 원수로 갚는 것이오?”

“은혜?”

천종현의 말에 영웅이 눈을 동그랗게 뜨더니 이내 배를 잡고 웃기 시작했다.

“크하하하하하! 은혜라고? 하하하하! 미치겠네, 진짜.”

그렇게 실컷 웃고 나더니 비릿한 미소를 지으며 말했다.

"은혜라니? 우리 솔직해지자. 너희는 왕이 필요한 것이 아니잖아. 너희 대신 욕을 받아 줄 욕받이 허수아비가 필요했을 뿐이지. 그 허수아비가 꿈틀대며 반항하니 열받아서 이리 몰려온 것이고. 안 그래?"

영웅의 말에 천종현은 아무런 말도 못 하고 부들거리고 있었다.

그러는 동안 자신들과 같이 온 병력이 모조리 바닥에 게거품을 물고 기절한 채로 부들거리고 있었다.

영웅이 그것을 가리키며 말했다.

"너희가 믿는 병력은 모조리 제압되었다. 그러니까 꿇어라. 그러면 양반의 계급과 전 재산만 압수하고 목숨은 살려 주지."

영웅이 말하는 조건은 자신들이 가진 전부였다.

말 그대로 목숨만 살려 준다는 얘기였다.

반상의 계급이 사라지고 재산이 사라진다면 자신들은 분노한 사람들에게 몰매를 맞아 죽을 수도 있었다.

몰매를 맞지 않는다 해도 양반들이 일이라는 것을 해 봤을 리도 없고, 십중팔구는 굶어 죽을 확률이 매우 높았다.

"그것은 받아들일 수 없습니다. 제가 제안하지요. 이 모든 일은 제가 주도하여 벌인 일이니 제가 책임을 지고 유배를 가겠습니다. 그러니 이들은 용서해 주시고 귀히 여기시어 등용하심이 어떠십니까. 주상도 우리 양반들이 모조리 사라진다면 나랏일을 꾸려 나가는 데 큰 지장이 있을 것이 아닙니까."

천종현의 말에 영웅이 미소를 지으며 말했다.

"필요 없어. 이미 일할 사람들은 모조리 구해 놓은 상태다. 양반들이 아닌 평민들로 말이지."

"그, 그게 무슨 말이오! 신성한 나랏일을 어찌 그딴 놈들에게……."

"왕을 능멸하고 역모를 꾀한 놈들이 할 소리는 아닌 것 같은데? 그리고 너희도 곧 그 평민이 될 것인데 그리 말하면 안 되지. 안 그러냐?"

영웅의 말에 천종현이 주변을 둘러보았다.

주변에는 자신을 포함해서 수뇌부 수백 명이 그곳에 있었다.

반면에 영웅은 호위도 없이 혼자였다.

천종현이 수뇌부를 바라보며 무언가를 결심한 표정으로 고개를 끄덕였다.

그러자 그것을 알아들었다는 표정으로 수뇌부도 고개를 끄덕이고는 영웅을 노려보았다.

그런 그들의 모습에도 영웅은 대수롭지 않은 표정으로 뒷짐을 진 채로 서 있었다.

"우리의 병력을 전부 제압했다고 너무 자만을 하셨나 보오."

"그게 무슨 소리냐?"

"크크크. 우리를 얼마나 우습게 보았길래 이리 혼자 행차를 하셨단 말이오?"

"그야 너희를 설득하려면 혼자 와야지. 우르르 데리고 오면 너희가 경계하고 내 말을 듣지 않을 것이 아니냐."

"그 마음은 고맙지만, 당신의 그 자만심이 당신의 목숨을 가져가겠구려."

"뭐? 하하하하. 아주 간덩이들이 배 밖으로 나왔구나. 나를 해하려 하면 너희 가문은 세상에서 사라진다. 진심으로 하는 충고다. 지금이라도 늦지 않았다. 꿇어라."

영웅의 말에 천종현이 악을 쓰며 외쳤다.

"어차피 이래 죽으나 저래 죽으나 똑같은 것이 아니오! 그럴 바엔 조금이라도 기사회생을 할 수 있는 쪽을 선택하겠소! 쳐라!"

천종현의 외침을 듣자마자 일제히 검을 뽑아 들고 영웅을 향해 달려가는 수뇌부였다.

그리고 영웅을 향해 조금의 머뭇거림도 없이 검을 휘둘렀다.

"죽어라!"

까가가가가가가강-!

있는 힘껏 내려친 검들이 사방으로 튕겨 나가기 시작했다.

몸까지 휘청거리며 균형을 잃은 수뇌부는 바닥으로 자빠

지고 주저앉았다.
그리고 어안이 벙벙한 표정으로 이게 무슨 일인지 파악하려고 애썼다.
그런 그들의 귀로 음산한 목소리가 들려왔다.
바로 임금의 목소리였다.
"내가 그렇게 경고를 했건만……. 결국 건너지 말아야 할 강을 건넜군."
그 말에 다들 영웅을 바라보았다. 그의 몸에 걸친 곤룡포에는 여기저기 베인 흔적이 남아 있었다.
정말로 자신들이 휘두른 검이 그대로 적중한 것이다.
그런데 멀쩡했다.
아니, 오히려 자신들이 튕겨 나갔고 어떤 검들은 이가 나가서 너덜너덜해지기까지 했다.
그제야 아까 나타난 놈이 말한 것이 떠올랐다.
현재 임금은 천신이라고.
하늘에서 너희를 벌하기 위해 직접 강림을 하신, 진짜 신이라는 말을 기억해 냈다.
"서, 설마? 지, 진짜?"
"마, 말도 안 되는……."
사람들은 이것이 현실이 아닐 것이라 생각했다.
현실이라기엔 절대로 일어날 수 없는 일들이 연달아 일어나고 있었기 때문이었다.

하지만 그런 그들을 더욱더 경악케 하는 일이 뒤이어서 일어났다.

영웅의 몸이 서서히 떠오르더니 그의 몸 주변에 뇌전이 일어나기 시작했다.

빠직– 빠지직–!

그 모습은 진짜로 천신이 강림한 것 같은 모습이었다.

다들 경악한 표정으로 바라보자 영웅이 입을 열었다.

"나는 너희를 살리기 위해 여러 번 경고했고 또 이렇게 홀로 나타나 너희를 설득하려 노력했다. 내가 할 수 있는 것들은 다 했으니 너희를 세상에서 모조리 지운다 해도 뭐라 할 사람은 없을 것이다."

영웅의 눈은 까맣게 변해 있었다.

그 모습은 그곳에 있는 사람들의 마음속에 공포를 각인하기에 충분했다.

딸그랑– 딸강–!

여기저기서 검을 바닥으로 떨어뜨리는 소리가 들려왔다.

그리고 하나둘씩 엎드리며 용서를 빌기 시작했다.

"주, 주상 전하! 부, 부디 하, 한 번만 용서해 주시옵소서!"

"모, 목숨만은 살려 주시옵소서! 무엇이든 하겠사옵니다!"

"저, 전하! 살려 주시옵소서!"

뒤늦게야 자신들이 엄청난 일을 저질렀다는 사실을 깨달

은 것이다.

설마하니 자신들이 옹립한 왕이 정말로 하늘에서 내려온 천신일 줄이야.

다들 오들거리며 엎드린 가운데 오로지 천씨 일가만 영웅을 노려보고 있었다.

그리고 영웅을 보며 소리를 질렀다.

"이건 또 무슨 속임수더냐! 한 나라의 임금이라는 자가 어찌 이런 비열한 방법으로 사람들을 현혹하려 한단 말이더냐!"

악을 쓰며 소리를 지르는 천종현은 다시는 자신의 목소리를 내지 못했다.

어디선가 날아온 검이 그의 가슴을 꿰뚫고 지나갔기 때문이었다.

그리고 나타난 검의 주인은 바로 천민우였다.

천민우는 아무렇지도 않은 표정으로 천천히 무너져 내려가는 천종현을 지나, 그를 뚫고 바닥에 박힌 검을 집어 들고는 다시 횡으로 휘둘렀다.

후웅-!

푸하하하학-!

물풍선이 터지는 듯한 소리와 함께 엎드리지 않고 꼿꼿하게 서 있는 자들을 모조리 반으로 갈라 버렸다.

바닥은 순식간에 그들의 피로 흥건하게 변하며 질퍽하게 바뀌었다.

단 한 수에 수십 명이 목숨을 잃은 것이다.

천민우는 그에 만족하지 않고 엎드린 자들을 향해 검을 휘두르려 했다.

"그만."

흉신악살 같은 표정을 짓고 있던 천민우는 영웅의 제지에 언제 그랬냐는 듯이 평온한 표정으로 바뀌며, 천천히 하강하는 영웅의 뒤편으로 물러나 눈을 부리부리하게 뜨고 주변을 살피기 시작했다.

바닥에 내려온 영웅은 혀를 차며 천천히 걸어 나갔다.

"쯧쯧. 그러니까 말 좀 들어라. 응? 아니 왜 말을 안 들어서 자꾸 나를 나쁜 놈으로 만드는 거야."

장난처럼 말하는 영웅이었지만 그것을 듣는 사람들의 귀엔 저승사자의 호통으로 들려왔다.

다들 오들오들 떠는 몸으로 연신 손을 비비며 용서를 빌었다.

"저, 전하! 목숨만은 살려 주시옵소서! 모든 것을 바치겠나이다!"

"하라는 것은 뭐든지 하겠사옵니다! 그러니 부디 목숨만! 목숨만 살려 주시옵소서!"

다들 눈물까지 흘리며 용서를 빌고 있었다.

그런 그들에게 영웅이 웃으며 말했다.

"사람이라는 건 말이지. 시간이 지나면 자신이 한 행동을 조금씩 잊게 되더라고. 지금 당장은 내가 무서우니까 이렇게 용서를 구하겠지."

"아, 아니옵니다! 저, 절대로 그럴 일은 없사옵니다!"

"마, 맞습니다. 부, 부디 용서를!"

영웅이 자리에서 벌떡 일어나 그들을 향해 손을 휘둘렀다.

그러자 바닥에 엎드려 있던 자들이 갑자기 발작하면서 이리저리 몸을 뒤틀기 시작했다.

간간이 들려오는 신음과 얼굴이 터질 듯한 표정이 극한의 고통을 느끼고 있다는 것을 짐작게 할 뿐이었다.

영웅은 이들에게 인간이 느낄 수 있는 최악의 고통을 모조리 느끼게 하고 있었다.

거기에 이들의 신체까지 강화시켜 놓았기에 기절도 하지 못했다.

그저 온전히 이 말도 안 되는 고통을 느끼고 견뎌야 했다.

얼마나 고통스러웠는지 신체를 강화했음에도 기절하는 자들이 속출하기 시작했다.

얼마 뒤에 바닥에는 게거품을 문 채로 꿈틀거리는 사람들로 가득 찼다.

태어나서 처음 경험하는 엄청난 고통에 전부 기절한 것이다.

"아! 이들은 무인들이 아니지. 나도 참."

무인들을 기준으로 신체 강화를 걸었던 것이 이들을 이렇게 편하게 기절하게 만들어 준 것이다.

"이렇게 편하게 꿀잠을 자면 내가 조금 열받지. 리스토어!"

영웅이 비릿한 미소를 지으며 기절한 사람들을 모조리 깨웠다.

상쾌한 기분과 함께 정신을 차린 사람들은 조금 전에 자신들이 겪은 엄청난 고통이 마치 꿈을 꾼 것처럼 느껴지고 있었다.

하지만 그것이 꿈이 아니라는 것을 영웅이 아주 친절하게 일깨워 주고 있었다.

"잘 잤어? 우리 양반님들 아주 꿀잠 자더군."

그제야 그 지옥의 고통이 꿈이 아니고 임금이 행한 것이라는 것을 깨달은 사람들이었다.

또한, 이제 진심으로 영웅이 천신이라고 믿기 시작하였다.

자신들이 아무리 발버둥을 친다고 해도 상대는 신이었다. 절대로 벗어날 수가 없었다.

사색이 된 사람들이 다시 엎드리려 하자 영웅이 그들의 움직임을 모조리 멈추게 했다.

"안 되지, 안 돼. 일단은 내가 내리는 가벼운 벌을 받고 다시 이야기하자."

사람들을 향해 손을 휘저으며 말했다.

그리고 다시 그들에게 영원할 것 같은 지옥의 시간이 시작되었다.

"너희는 뭐라고?"

"네! 저희는 평민입니다!"

"신분제 폐지에 찬성? 반대?"

"무조건 찬성합니다!"

"내 말은 곧?"

"천명입니다!"

"기어."

우르르르-!

영웅의 한마디 한마디에 일사불란하게 오와 열을 맞추며 움직이는 수십만의 사람들.

영웅이 기라면 기고 짖으라면 짖고 있었다.

하나같이 절대복종하겠다는 눈빛이 활활 타오르고 있었다.

영웅이 이들에게 내린 고통은 하루 넘게 지속되었다. 사람들은 정말로 미칠 지경이었다.

분명히 정신을 잃었는데 어느새 말짱해진 몸과 정신으로

다시 영웅이 내린 고통을 받고 있었다.

그것이 영원히 지속될 것 같은 공포와 점점 더 강해지는 고통에 정신마저 붕괴하고 있었다.

제발 죽여 달라고 속으로 애원하고 있을 때쯤에 들려온 하늘의 목소리가 있었다.

"내 말은 곧 뭐다?"

사람들은 초인적인 정신력으로 지금 이것이 이 고통을 해결할 유일한 기회라는 것을 알아채고 그에 대한 답을 동시에 큰 소리로 외쳤다.

"하늘이옵니다! 전하!"

정답이었다.

순식간에 고통이 사라지며 몸과 마음이 상쾌해졌다.

"조금이라도 내 마음에 안 들면 오늘 있었던 고통이 다시 시작되는 거야. 아, 한 가지 더. 내가 특별한 기운을 몸에 심어 두었거든? 자결이나 나를 배신하겠다는 생각은 절대로 하지 않는 것을 추천하지. 그런 마음을 먹으면 어찌 되느냐고?"

왠지 섬뜩한 소리를 하며 한쪽 입꼬리를 올리는 영웅을 보며 사람들은 침을 꿀꺽 삼켰다.

"궁금하면 한번 해 봐. 어찌 되는지."

영웅의 말에 사람들은 온몸에서 한기가 올라오는 것을 느꼈다. 절대로 자결을 한다거나 영웅에 대해 불경한 생각을 해서는 안 된다고 온몸에서 경고를 보내고 있었다.

뇌에서도 절대로 할 생각이 없었는지 끊임없이 영웅을 향한 충성심을 강요하고 있었다.

이렇게 영웅은 이들을 모두 죽이지 않고 교육했다.

다만, 조선이라는 나라를 개판으로 만든 천씨 일가의 사람들은 이곳에서 모조리 목숨을 잃었다.

이제 조선에서 천씨 일가는 그 명맥이 사라지게 된 것이다.

아무튼 이런 과정을 그곳에 있는 수십만의 병력까지 겪으면서, 지금처럼 일사불란하게 영웅의 말에 움직이고 있었다.

영웅은 지금 자신의 앞에 있는 수십만의 대군을 활용하기로 했다.

"이제부터 조선의 모든 양반가를 모조리 잡아서 한양으로 압송하라."

"충!"

영웅은 그들을 지휘하는 장수에게 모든 지휘를 일임하고 전국에 있는 모든 양반을 잡아 오라는 명령을 내렸다.

그들을 모조리 모은 뒤에 이 나라를 좀먹는 신분제 폐지를 만천하에 공표할 생각이었다.

그리고 이들의 재산을 압류해 텅텅 비어 있는 재정을 채우고 조선을 초강국으로 키울 기틀을 만들 준비를 시작했다.

한양으로 올라온 영웅은 조선의 반상제를 폐지했다.

자신을 제외한 모든 백성은 평등하다는 말과 함께 이제부터 신분의 귀하고 천함을 따지는 자는 엄하게 벌한다는 어명도 내렸다.

수많은 양반가는 역모를 꾀한 역적들의 신분이 되었기에 반발하지 못했다.

그저 목숨만은 살려 준 것에 감사하고 또 감사할 뿐이었다.

반면에 양인들과 천인들 사이에선 잦은 다툼이 일었다.

나라에서 신분을 폐지했는데 그동안 천인을 무시하고 핍박하던 양인들의 행동은 그대로였기 때문이었다.

이에 영웅은 신분을 가지고 차별하거나 모욕하는 자에겐 태형 세 대를 때리라고 명한다.

곤장이라는 형벌이 있었지만 일단 곤장의 크기도 무식하게 큰 데다, 때리는 장면도 남들 보기에 좀 그랬기에 영웅이 금지했다.

그것을 대체하기 위해 도입된 것이 가느다란 회초리로 때리는 태형이었다.

보기에도 좋고 절차도 간단해서 편했기에 형벌을 집행하는 집행관들도 좋아했다.

힘들게 무거운 곤장을 들고 내리치지 않아도 되었기 때문이다.

하지만 정작 사람들은 콧방귀를 뀌었다.

곤장 수십 대도 맞아 본 사람들인데 겨우 태형 세 대라니.

우습게 느껴질 만했다.

그러다가 이 태형이라는 것의 위력을 실감케 하는 사건이 일어났다.

한 고을에서 천인을 무시하며 매일같이 괴롭히던 양인에게 태형 세 대가 내려졌다.

처음에 이 양인은 대수롭지 않은 표정으로 당당하게 엉덩이를 까고는 형틀에 묶였다.

세 대 정도야 아무렇지 않게 맞고 넘길 수 있다고 생각을 한 것이다.

심지어 모습을 드러낸 회초리를 보고는 더욱 가소로운 표정을 지었다.

그런데 이 형벌을 사람이 직접 때리는 것이 아니라, 이상하게 생긴 기구에 회초리를 활시위 당기듯이 있는 힘껏 당겨 놓은 것이다.

C 모양으로 꺾인 회초리는 엉덩이를 향해 언제든 있는 힘껏 휘둘러질 준비가 되어 있었다.

"오늘 먼저 한 대를 때리고 다음에 또 한 대를 때릴 것이다."

집행관의 말에 양인이 기가 찬 목소리로 오히려 반문했다.

"아니, 다음에 또 와서 맞으라굽쇼? 그냥 오늘 세 대 전부 때리면 아니 됩니까?"

"안 된다. 법에 무조건 한 대씩만 때리게 되어 있다. 그 이유는 맞아 보면 알 것이다."

집행관의 말에 양인은 대수롭지 않은 표정으로 고개를 다시 정면으로 돌렸다.

끼이익-!

덜컹-!

회초리가 묶여 있는 나무틀에서 기이한 소리가 나면서 회초리가 바람을 가르며 양인의 엉덩이를 향해 휘둘러졌다.

후웅-!

쫘악-!

"크헉!"

딱 한 대.

그 한 대에 기세등등하던 양인은 흰자를 보이며 기절했다.

그의 엉덩이는 살점이 터져 나가 피가 철철 흘러내리고 있었다.

의원들이 재빨리 달려가 치료를 하고는 그를 감옥으로 끌고 갔다.

정신이 든 양인은 왜 한 대만 때리는 것인지 누구보다 확실하게 이해했다.

맞는 순간 조상님들이 일렬종대로 서서 손짓하는 것이 보였다. 하마터면 정말로 그 손짓을 따라갈 뻔했다.

거기에 맞은 후에 오는 이 엄청난 고통은 참을 수 있는 성질이 아니었다.

엉덩이를 맞은 것이기에 제대로 앉지도 못하고 걷지도 못했다.

항상 엎드려서 생활해야 했으니 불편하기까지 했다.

그렇게 힘겨운 생활을 이어 가니 어느새 엉덩이의 상처가 아물고 다시 살이 통통하게 올라오기 시작했다.

이제 편안하게 누워서 잘 수 있게 되어 꿀잠을 자고 있을 때, 누군가가 거칠게 자신을 끌고 가는 느낌에 잠이 깼다.

정신을 차려 보니 자신은 어디론가 질질 끌려가고 있었다.

"왜, 왜 이러시오?"

양인의 물음에 자신을 끌고 가던 군졸이 친절하게 답을 해주었다.

"왜 이러긴. 네놈에게 내려진 태형이 세 대라는 사실이 기억 안 나느냐? 오늘은 그 세 대 중 두 번째를 집행하는 날이다."

그 말에 양인의 표정이 사색이 되었다.

"아, 아니 이런 오밤중에 자는 사람을 깨워 끌고 가는 법이 어디 있소? 마, 말이라도 해 주고 데려가시오!"

"흥! 언제 맞을지 모를 공포를 느끼게 하는 것이 이 형벌인데 알려 주면 그것이 안 되지 않느냐! 잔말 말고 얌전히 따라와라!"

"아, 안 돼!"

절규하면서 끌려간 양인은 기어이 형틀에 묶인 채 다시 한 대를 맞았다.

그래도 한 번 경험이 있어서인지 이번엔 바로 기절하지 않았다. 문제는 그것이 지옥 같은 고통을 제대로 느끼게 한다는 것이다.

"끄아아아아악!"

양인의 고통에 찬 비명이 오밤중에 온 고을에 울려 퍼졌다.

"끄아아아아악!"

그렇게 목청이 터져라 비명을 지르더니 의원들이 달려 나와 엉덩이를 소독하기 위해 손을 대자 기절해 버렸다.

태형을 집행당하고 기절한 채 치료를 마치고 질질 끌려가는 남자.

이후로 남자는 자신의 엉덩이가 점점 아물어져 가는 것을 보며 불안에 떨었다.

제대로 먹지도 못하고 잠도 못 자며 항상 주변을 경계했다.

언제 자신을 데리러 올지 모르기 때문이었다.

그런데 이번에는 엉덩이가 다 아물고도 한참이 지났음에도 형벌을 집행하지 않는 것이다.

그것이 이 남자를 더욱더 불안하게 만들었다.

차라리 지금 당장 마지막 태형을 때려 주길 간절히 바라기까지 했다.

이것은 남자의 희망이자 삶의 끈이었다.

한 대.

앞으로 한 대만 더 맞으면 이 공포에서 벗어날 수 있다는 희망.

하지만 마지막 한 대는 쉽게 때려 주지 않았다.

극한의 공포에 정신이 피폐해져 갈 때쯤 드디어 집행관들이 나타났다.

이렇게 기쁘고 반가울 수가 없었다.

이번엔 제 발로 앞장서서 형틀이 있는 곳으로 향했다.

어서 이 지옥 같은 시간이 끝나기를 간절히 바라면서 말이다.

결국, 세 대를 다 맞은 남자는 치료까지 완벽하게 받고 풀려날 수 있었다.

풀려날 때 마지막으로 들은 말은 이 남자가 죽을 때까지 신분 차별을 하지 못하게 만들었다.

"처음은 세 대, 또 이런 일로 잡혀 오면 그때는 여섯 대다."

세 대도 지옥 같았는데 여섯 대라니.

정말로 자신에게 그런 날이 온다면 그 자리에서 자결할 것이다. 이 지옥을 다시 겪느니 그것이 마음 편하니까.

이후로 남자는 자신이 겪었던 일들을 사람들에게 말했다.

곧 자신과 같은 경험을 한 사람들이 여럿 나타나 신뢰성이 높아지자, 태형에 대한 두려움이 온 조선을 덮쳤다.

그 덕에 신분 차별은 빠르게 사라지게 되었다.

한편, 조선에 있는 양반가들의 재산을 모조리 압류한 영웅은 경악하고 말았다.

상상을 초월할 정도로 엄청난 양의 재물이 그들의 손에 있었기 때문이다.

영웅은 압류한 식량은 굶주린 백성들에게 골고루 나누어 주었고 압류한 땅은 식구들의 수에 따라 공정하게 분배해 주기 시작했다.

또한, 백성들을 힘들게 했던 삼정(三政)은 많은 부분이 개선되었다.

토지세 개념이었던 전정(田政)은 쌀로 세금을 내는 것이 아니라 돈으로 내도록 바뀌었다.

군역을 지는 군정(軍政)은 징병제로 바뀌고 3년 동안 국방의 의무를 취한 뒤에 예비군으로 편성되게끔 바뀌었다.

이것은 모든 백성들에게 해당되는 사항이었다.

마지막으로 환곡(還穀)은 사라졌다.

대신 국가에서 어려운 사람들을 위해 돈을 대출해 주는 국가 은행이 설립되었다.

넉넉해진 재정이 이 모든 것을 가능케 만들었고 국가에서 나서서 세금을 돈으로만 받겠다고 선포하자 현금이 활발하게 유통되기 시작했다.

순식간에 나라가 안정되어 가기 시작했고 백성들의 입가에는 미소가 피어나기 시작했다.

그들의 입에서는 언제나 임금에 대한 칭송만 흘러나왔다.

시간은 빠르게 흘러 어느덧 여러 달이 흘러갔다.

영웅은 하루하루 바쁘게 생활하고 있었다.

물론 예전처럼 말도 안 되는 왕의 일정을 보내진 않았다.

빡빡했던 왕의 일과를 대폭 축소함은 물론이고 주 5일제로 바꾸어 버렸다.

총리를 선출하여 그에게 모든 것을 일임하고 현재 천지회주를 찾는 일에 모든 신경을 집중하고 있었다.

문제는 무림 세상과는 달리 실종된 천지회주가 평범한 사람이 되었다는 점이다.

특출난 점이 없으니 찾는 건 둘째 치고 조선에 있다는 보장도 없으니 더 미칠 노릇이었다.

그래도 혹시 몰라 전국에 천지회주가 알 만한 내용으로 방을 붙여 놓기는 했다.

"하아, 이건 뭐 사막에서 바늘 찾기네. 혹시 조선에 없는 거 아냐? 그럼 더 골치 아픈데."

영웅이 인상을 찡그리며 말하자 천민우 역시 고개를 흔들며 말했다.

"아무래도 찾는 것은 힘들 것 같습니다. 천지회주가 무공을 잃지만 않았다면 어떻게든 이 세상에서 이름을 날리고 있었겠지만, 그도 아니니……. 솔직히 살아 있다고 장담도 안 되는 상태이기도 하고요."

영웅은 이마를 짚었다.

자신만만하게 들어왔는데 생각보다 난관이 많았다.

그때 상선이 들어왔다.

"전하! 어떤 이가 전하께 꼭 좀 전해 달라는 물건이 있사온데 어찌할까요."

"나에게?"

"그러하옵니다. 그것을 본다면 전하께서 알 것이라며 꼭 좀 전해 달라고 하고 있습니다."

"가져와 봐."

영웅의 말에 상선이 고개를 조아리고 서둘러 다시 밖으로 나갔다.

그리고 다시 들어온 상선의 손에는 어떤 물건이 들려 있었다.

"이것이옵니다."

상선이 건넨 것은 특이하게 생긴 카드였다.

그것을 옆에서 본 천민우가 깜짝 놀라며 말했다.

"이, 이건……. 각성자 협회 카드입니다."

천민우의 말에 영웅이 다급하게 말했다.

"당장 이곳으로 모시고 오게."

"아, 알겠습니다."

상선이 나가자 영웅은 그것을 천민우에게 건넸다.

좀 더 자세히 살펴보라는 의미였다.

천민우가 카드를 요리조리 살피더니 놀란 표정으로 말했다.

"처, 천지회주의 카드 같습니다."

"그래? 연준혁의 이름을 걸어 둔 효과가 있었네."

그랬다.

영웅은 온 저잣거리에 각성자 협회 연준혁을 아는 자 도성으로 와서 증좌를 내밀라고 적어 붙여 놓았다.

혹시라도 그것을 보고 찾아올 수도 있으니까.

하지만 여러 날이 지나도 소식이 없기에 천민우와 이렇게 심각하게 의논을 하고 있었다.

그런데 그토록 기다리던 소식이 들려온 것이다.

잠시 후, 영웅이 있는 곳으로 모습을 드러낸 남자는 수염이 희끗희끗하게 나 있는 노인이었다.

수염이 얼굴을 가리고 있음에도 잘생김이 묻어나는 얼굴이었다.

오히려 잘생긴 얼굴로 인해 신선 같은 풍모가 느껴지고 있었다.

"전하! 신 독고영재 이렇게 전하를 뵙니다."

남자는 들어오자마자 엎드리며 영웅에게 절을 올렸다.

영웅은 남자가 절을 마치자마자 다급하게 물었다.

"그대가……. 천지회주요?"

영웅의 물음에 남자가 화들짝 놀라며 고개를 들었다.

"서, 설마…… 저를 구하러 오신 분이 저, 전하십니까?"

천지회주의 말에 영웅이 고개를 끄덕였다.

"이 세상에서 눈을 뜨니 왕이 될 운명이더군요. 덕분에 팔자에도 없는 왕 노릇을 하고 있지요."

천지회주를 찾았다는 안도감이 들었을까?

영웅은 정말로 행복해 보였다.

이제 이자를 현대로 데리고 돌아가기만 하면 될 일이었다.

영웅은 천지회주의 거친 손을 부드럽게 어루만지며 말했다.

"이제 돌아가셔야지요. 그동안 고생 많으셨습니다."

영웅의 위로에 눈시울을 붉히던 천지회주는 잠시 동안 감정을 다스리기 위해 고개를 숙인 채 들썩였다.

얼마나 기다려 왔던 순간이던가.

다시는 못 돌아갈 줄 알았는데 이렇게 기회가 온 것이다.

이런 기회를 준 신에게 감사 인사를 하던 차에 문뜩 떠오른 소문이 있었다.

—천신께서 내려와 왕이 되셨다.
—천신께서 우리 조선의 왕이 되셨다.
—우리 조선의 왕은 천신이시다.

조선 방방곡곡에 퍼진 소문이었다.
처음에는 믿지 않았다.
그런데 영웅이 한 일들을 보고는 왜 사람들이 그를 신이라 부르는지 알게 되었다.
처음 조선에 왔을 때 조선의 처참한 현실에 좌절한 그였다.
이곳에 도착했을 때 자신은 가난한 양반가의 사람이었다.
말이 양반이지 양인보다 못한 처지였다.
무공을 잃은 그는 이곳에서 살아남기 위해 정말로 처절하게 움직였다.
그러다가 핍박받고 억압받는 사람들을 보며 생각을 고쳐먹었다.
언제 돌아갈지도 모를 원래 세상도 중요하지만, 비참한 현실 속에 살아가는 이곳 사람들도 못 본 체할 수는 없었다.
결국, 그는 사람들을 선도하기 시작했다.
현대 세상에서는 당연하게 느끼는 것을 전파하며 사람들

을 계도하려 했다.

모든 인간은 평등하다.

이것이 그가 이 세상 사람들에게 전파하고 싶은 주제였다.

하지만 그것은 쉬운 길이 아니었다. 신분제에 익숙한 이들에게는 평등이라는 말이 와닿지 않았던 것이다.

그래서 그는 일단 세상에 대해 더 알아야겠다고 생각을 했고, 이곳에 대한 공부를 시작했다.

그렇게 공부를 하며 세상에 조금이라도 도움이 되고자 노력을 할 때 천지가 개벽을 했다는 소문이 들려왔다.

전국의 양반들이 지금의 임금에 반기를 들고 역모를 꾀했다는 것이다.

자신이 알고 있던 역사와는 전혀 다른 양상으로 흘러가자 화들짝 놀란 그는, 심지어 임금이 역적들을 모조리 제압하고 신분제까지 철폐한다는 소식을 들었다.

그 후로 조선은 엄청 빠른 속도로 변해 가기 시작했고 언제나 어두운 표정을 하고 있던 사람들의 얼굴에 웃음이 피어나기 시작했다.

그 모습을 보며 처음으로 조선의 임금을 모시고 싶다는 생각을 했다.

그러던 중에 저잣거리에서 벽에 붙은 방문을 본 것이다.

각성자 협회 연준혁이 천지회주를 찾는다. 이를 아는 이는 속히 도성으로 올라와 임금께 보고하라.

천지회주는 방문을 보고는 믿을 수가 없었는지 연신 두 눈을 비비며 확인하고 또 확인했다.

꿈이 아닌지 자신의 허벅지를 꼬집어 보기도 하면서 방문을 바라보았다.

꿈이 아니었다.

정말로 자신을 찾고 있는 방문이었다.

이에 천지회주는 집에 고이 숨겨 둔 각성자 카드를 들고 서둘러 한양으로 올라갔다.

그리고 지금 이렇게 자신을 찾아온 영웅과 대면하게 된 것이다.

"이제 가셔야지요. 천지회 사람들이 많이 걱정합니다."

영웅의 말에 천지회주가 고개를 들어 바라보았다.

"제가 가면 전하께서도 다시 돌아가시는 것입니까?"

"그래야겠죠? 그리고 편하게 말씀하세요. 여기 사람들에게나 전하이지 회주님에게 그냥 손주뻘입니다."

영웅의 말에 천지회주가 고개를 저으며 말했다.

"아니옵니다. 전하! 소신이 한 가지 청을 올려도 되겠사옵니까?"

천지회주의 강경한 대답에 무언가 싸함을 느낀 영웅이 말을 더듬으며 물었다.

"뭐, 뭐죠? 마, 말씀해 보세요."

그러자 천지회주가 다시 엎드리며 간절한 목소리로 외쳤다.

"부디 이곳의 백성들을 버리지 말아 주시옵소서! 그렇게만 해 주신다면 이 한 몸 백골이 되어도 전하를 모시겠나이다!"

"아니……. 제가 언제까지 계속 이곳에 있을 수는 없는 일인데……."

"이곳의 백성들이 세상을 알고 자립하여 자신들의 지도자를 뽑을 수 있게 만들면 되는 일이옵니다. 이것은 오로지 전하께서만 가능한 일이옵니다!"

영웅은 말없이 천지회주를 바라보았다.

"이곳에서 생활하면서 느꼈사옵니다. 비록 우리가 알고 있던 역사 속의 인물들과는 다른 이들이 지배하는 세상이지만, 그 흐름은 우리가 알던 역사와 똑같사옵니다. 이대로 간다면 또다시 약소국이 되어 세계열강의 먹잇감이 될 것입니다. 소신은 그저 나의 조국이 강대한 나라가 되는 것을 보고 싶을 뿐입니다. 부디 이 세상에서라도 우리 민족이 세계를 호령하게 만들어 주시옵소서!"

어찌나 애절하게 울부짖으며 말하는지 영웅은 허락의 뜻을 내비치고 말았다.

"아, 알겠습니다. 그러니 그만하세요."

천지회주는 영웅의 허락이 떨어지자 더욱 깊게 절을 올리며 외쳤다.

"성은이 망극하옵니다! 전하!"

그는 누구보다 한국을 사랑하고 한국을 위해 살아가던 남자였다.

그랬기에 이곳을 이대로 두고 절대로 돌아갈 수가 없었던 것이다.

영웅이 안 된다고 하면 자신이라도 혼자 남아 어떻게든 조선을 바꾸려고 마음까지 먹었다.

한편, 천지회주를 보며 영웅은 자신이 생각했던 천지회주의 이미지를 바꾸었다.

꼬장꼬장하고 거만할 것으로 생각했는데 오히려 그 반대였다.

거기에 자신도 현재 조선을 이대로 두고 가기엔 찝찝하다고 생각하고 있던 참이었다.

"일단은 생존해 있다는 사실을 먼저 알려야 하니 현실세상에 다녀오지요."

"성은이 망극하옵니다!"

"아니……. 그냥 현대 세상처럼 말씀하세요. 원래 세상에 갔는데도 계속 저를 전하라고 부르실 겁니까? 그럼 저 다신 안 봅니다."

영웅의 말에 당황한 표정을 하던 천지회주가 다시 고개를 숙이며 말했다.

"그럼 주군으로 모시겠나이다!"

"그, 그건……."

"제가 고집이 조금 셉니다. 주군! 이제부터 이 독고영재는 오로지 주군만을 위해 여생을 살아갈 것이옵니다. 이것이 싫으시다면 제 목을 치시옵소서!"

막무가내였다.

아까 수정했던 이미지를 다시 원상 복구 시키는 영웅이었다.

그렇게 한참을 실랑이하다가 결국 수하로 받아 주기로 한 영웅이었다.

허락이 떨어지자 세상 해맑은 표정으로 좋아하는 천지회주의 모습을 보며 고개를 저었다.

그리고 그를 향해 손을 뻗으며 말했다.

"무공을 모두 잃으셨다고 하셨죠?"

"그렇습니다, 주군. 하오나 워낙에 강골에다가 건강한 체질이기에 활동하는 것에 큰 지장은 없사옵니다."

"그래도 불편하잖아요. 있다가 없으면 그것만큼 신경 쓰이는 게 없더라고요. 제가 치료해 드리죠."

"네?"

천지회주가 영웅을 바라보며 그게 무슨 소리냐는 표정을 지었다.

그 모습에 미소를 지으며 영웅이 말했다.

"리스토어."

화악-!

환한 빛이 천지회주의 몸을 감싸며 그의 단전과 온몸의 세포를 다시 재구성하기 시작했다.

지금까지 살면서 느껴 본 적 없던 상쾌함을 느끼던 천지회주는 빛이 사라지자 경악했다.

단전에서 느껴지는 기운.

다시는 느끼지 못할 것이라고 생각했던 그 기운이 활화산처럼 꿈틀거리고 있었다.

이 믿지 못할 기적에 연신 영웅과 자신의 몸을 번갈아 가며 보는 천지회주에게 영웅이 말했다.

"일단 운기부터 하세요."

영웅의 말에 천지회주가 눈물을 글썽이며 무릎을 꿇었다.

"미, 미천한 소신의 억지를 들어주신 것만으로도 크나큰 은혜거늘……. 이, 이런 엄청난 은혜까지……."

엄청난 감격에 말을 잇지 못하고 연신 눈물만 흘리는 천지회주였다.

그런 천지회주의 등을 토닥이며 달래는 영웅이었다.

"그동안 고생 많았어요."

그 한마디에 천지회주는 기어이 무너지고 말았다.

아닌 척했지만, 자신은 무인이었다.

무인에게 생명과도 같은 무공을 잃었는데 그것이 어찌 아무렇지 않겠는가.

다시는 느낄 수 없으리라고 생각하며 포기하고 있었는데 이렇게 기적이 일어난 것이다.

그 기적을 행한 이는 바로 자신의 주군이었다.

"신! 앞으로 주군의 견마가 되어 주군의 곁을 지킬 것이옵니다!"

프리레전드급인 천지회주 독고영재가 영웅의 충실한 수하가 되는 날이었다.

영웅 덕에 다시 원래 세상으로 돌아온 천지회주는 감격스러운 표정으로 연신 주변을 두리번거렸다.

자신이 들어갈 때와 같은 그 장소였다.

"이곳은 저쪽 세상에 비해 시간이 많이 흐르지 않았을 겁니다."

"그렇군요. 저는 저곳에서 오랜 시간을 보냈는데……. 여기선 고작 몇 개월이었다니. 제가 그동안 알고 있던 웜홀과는 확실히 다른 웜홀입니다."

"이제 이쪽 세상과 완전히 연결되었으니 회포를 푸시고 알아서 다시 돌아오세요."

"알겠습니다. 감사합니다, 주군."

천지회주는 고개를 깊게 숙이며 자신을 향해 손을 흔들고 다시 웜홀 속으로 들어가는 영웅을 배웅했다.

영웅이 웜홀 속으로 사라지자 천지회주는 그곳을 벗어나 밖으로 나갔다.

밖으로 나오자 익숙한 얼굴들이 보였다.

하나같이 귀신을 본 듯한 표정으로 연신 눈을 비비고 있었다.

"회, 회주……님?"

그중 한 명이 더듬거리며 조심스럽게 물어 오자 천지회주가 고개를 끄덕이며 입을 열었다.

"그래! 나다. 이놈들아, 잘들 있었느냐!"

우렁차게 외치는 소리에 다들 눈물을 흘리며 부복하기 시작했다.

"회, 회주님!"

천지회주의 우렁찬 목소리에 밖에서 대기하던 사람들도 우르르 몰려 들어왔다.

자신들이 환청을 들은 것이 아닌가 싶어 달려온 것이다.

그리고 그들의 눈앞에 그토록 찾던 회주가 당당한 모습으로 서 있었다.

사람들이 일제히 부복하며 크게 외쳤다.

"천지회의 제자들이 천지회주님을 뵈옵니다!"

부복한 사람들은 하나같이 모두 눈물을 흘리고 있었다.

그런 제자들을 보며 천지회주 역시 눈물을 흘리며 말했다.

"고맙다! 이 못난 나를 잊지 않고 찾아 주어서."

"아닙니다! 당연히 해야 할 일이었습니다. 그런 말씀은 거두어 주십시오! 저희가 아는 회주님은 절대로 그런 약한 말씀을 하지 않으셨습니다."

"크하하하하하! 오냐! 내 더는 이런 약한 소릴 하지 않으마!"

쩌렁쩌렁 울리는 목소리에는 분명히 내공이 섞여 있었다.

"서, 설마. 내공을 되찾으신 것입니까?"

"오냐! 되찾았다. 아니 오히려 전성기 때보다 더 강해졌다고 해야 하나? 아무튼, 기연이 있었다. 내 인생을 모조리 바칠 그런 엄청난 기연을 말이다."

"어떤 기연입니까?"

"나의 주군! 그분께서 주신 기연이지."

그의 말에 다들 경악했다.

천지회주는 한국에서는 천상천하 유아독존인 존재였다.

의리가 넘치고 약한 자를 그냥 지나치지 못하는 성품이긴 했지만, 그렇다고 남의 밑에 있는 것을 좋아하는 성격은 아니었다.

언제나 꼭대기에서 자신보다 약한 이들을 돕는 것을 삶의

낙으로 삼고 살아가던 이였다.

레전드 등급도 인정하지 않는 그에게 주군이라니.

회주가 돌아왔다는 사실보다 더 큰 충격을 안겨 주었다.

"회, 회주님! 주, 주군이라니요? 농담이시죠?"

"농담 아니다! 내 인생은 이제 온전히 그분의 것이다. 내가 이 말을 하는 이유는 너희에게 피해가 가지 않게 하기 위함이다. 나는 이제 그분을 위해 내 여생을 바칠 것이다. 그러니 어서 다음 대 천지회주를 뽑자꾸나."

"그, 그게 무슨 말씀입니까? 회주님이 아닌 천지회주는 생각도 해 본 적이 없습니다."

사람들이 말도 안 되는 소리라며 반발하자 천지회주가 고개를 저으며 말했다.

"아니다. 나는 다시 웜홀 속으로 들어갈 것이다. 그리고 그곳에서 나의 주군을 모시며 살아갈 것이다. 또한, 밖으로 나온다 해도 나는 그분의 곁에서 그분을 모시며 살아갈 것이다. 그런 내가 천지회주 자리에 있는 것은 말도 안 되는 일이다."

천지회주의 말에 다들 숙연한 표정을 지었다.

그때 차기 천지회주에 가장 유력했던 천지회주의 장남인 독고수가 벌떡 일어나서 말했다.

"회주님께 주군이면 저희에게도 주군입니다! 저희는 회주님과 함께할 것입니다!"

독고수의 외침에 기다렸다는 듯이 천지회의 모든 이가 합창하듯이 외쳤습니다.

"함께할 것입니다!"

천지회주는 사람들의 합창에 감동했지만 아닌 척하며 다시 호통을 쳤다.

"천지회는 내 개인의 단체가 아니다! 어찌 사사로운 감정을 끼워 넣으려 하는 것이냐!"

그러자 사람들이 누가 시키지도 않았는데 한목소리로 외쳤다.

"회주님이 곧 천지회입니다!"

이들은 천지회주의 인품을 믿고 따라온 충신들이었다.

아마 아무리 달래도 설득해도 절대로 듣지 않을 것이다.

그것을 잘 알기에 더욱더 이들에게 미안하고 고마웠다.

결국, 천지회주가 등을 돌리며 투덜거리는 투로 말했다.

"맘대로 해라. 충성은 개뿔, 내 말은 조금도 듣지 않는구나."

그것이 애정이 가득 담긴 투정이었기에 천지회 사람들은 만면에 미소를 지으며 외쳤다.

"복귀를 감축드립니다! 앞으로도 저희를 이끌어 주십시오!"

"늙은이 좀 그만 부려 먹어라. 흥, 되었다."

그리고 빨갛게 변한 얼굴을 가리려고 재빨리 그곳을 빠져

나가는 천지회주와 그것을 보며 환한 얼굴로 그 뒤를 따르는 천지회의 식구들이었다.

다시 조선 시대로 돌아온 영웅은 천지회주를 찾았으니 개운한 마음으로 조선의 개혁을 준비하기 시작했다.

자신에게 칼을 들이댄 양반가 중에서 재능이 뛰어난 놈들은 모조리 데려와 일을 시키고 있었다.

그들에게 내려진 임무는 영웅이 현대 시대에서 가져온 책들을 이 시대에 맞게 바꾸어 옮겨 적는 일이었다.

오로지 한글로만 적어야 했으며 틈틈이 그것에 대해 공부도 해야 했다.

영웅이 가장 먼저 신경을 쓴 것은 바로 교육이었다.

교육은 나라를 튼튼하게 만드는 근간이기 때문이었다.

전국의 서원을 모조리 박살 내고 그들의 재산을 전부 압수한 영웅은 거기서 나온 자금으로 전국에 학교를 짓기 시작했다.

거기에 전국에 있는 양반들에게서 압류한 재산으로 전국의 도로망을 다시 깔기 시작했다.

영웅이 하는 일에 반대 의견을 내는 이는 아무도 없었다.

덕분에 일사천리로 일이 진행되어 가고 있었다.

그러나 그런 영웅에게 원한을 품고 절치부심을 하는 이가 있었다.
바로 멸문한 천씨 일가의 핏줄인 대비와 중전이었다.
영웅은 그들에게는 죄를 묻지 않았고 또한 그들을 내쫓지도 않았다. 하지만 그들은 그런 영웅의 배려에 전혀 고마움을 느끼지 않았다.
자신의 가문과 가족의 원수일 뿐이었다.
밤늦은 시각.
대비의 방에 여러 사람이 모여서 심각한 표정으로 이야기를 나누고 있었다.
"언제까지 저 망나니 같은 임금을 두고 볼 생각인가! 아직도 방법을 찾지 못했는가!"
대비인 대왕대비의 호통에 앞에 앉아 있던 남자가 고개를 조아리며 말했다.
"워낙에 경계가 철통같은지라."
"자네도 그것을 믿는 것은 아니겠지?"
"무엇을 말이옵니까?"
"주상이 하늘에서 내려온 천신이라는 얼토당토않은 소리 말일세."
"아, 저도 그 이야기는 들었습니다. 아마도 놀란 사람들이 헛것을 보았거나 주상께서 그들을 세뇌시켜 그렇게 만든 것이겠지요."

"흥! 천신이라니. 지나가던 개가 웃을 일이구나. 촌무지렁이를 왕으로 앉혀 줬더니 은혜를 원수를 갚는 망나니다!"

분이 풀리지 않는지 연신 씩씩거리며 책상을 두드리는 대비였다.

"마마, 사실 한 가지 방법을 찾기는 했사옵니다."

"정말인가? 어서 말해 보시게. 내 힘닿는 한 모든 지원을 아끼지 않을 것이야."

"최근에 전하께서 궁궐의 법도가 너무 복잡하고 쓸데없는 것들이 많다며 모조리 바꾸시지 않았습니까."

"그렇지."

"그 사라진 법도 중에 기미도 있습니다."

"가만……. 독이 있는지 없는지 확인하는 기미 상궁이 사라졌다는 말이더냐?"

"그것뿐이 아닙니다. 곁에서 임금의 수라를 돕는 나인들도 모두 물리고 혼자서 식사를 하신다고 합니다. 이것이 무슨 뜻이겠습니까? 독을 풀어도 막아 줄 사람이 없다는 뜻입니다."

남자가 음흉한 미소를 지으며 말하자, 대비가 책상을 손가락으로 톡톡 두드리며 생각하다가 입을 열었다.

"그 정도는 대비하고 있지 않겠느냐? 무언가 대비를 했으니 저리도 당당하게 행동하는 것이겠지."

"아니옵니다. 알아보니 다 이유가 있는 행동들이었습니다."

"이유가 있다?"

"그러하옵니다. 임금은 얼마 전까지만 해도 농사를 지으며 살아가던 촌무지렁이였습니다. 그런 그에게 궁궐의 법도는 숨이 턱 막히는 것이겠지요. 지금 그가 저리 행동하는 것은 농사를 지을 때를 생각하고 자신이 편하기 위해 저러는 것입니다."

남자의 말에 중전이 고개를 저으며 말했다.

"그건 아닐 겁니다. 그는 영악하고 교활한 자예요. 저희 가문을 몰락시킨 자입니다. 그리 쉽게 생각해서는 안 됩니다."

"그래, 중전의 말이 맞다. 그자가 그런 생각도 하지 않았겠느냐?"

그러자 남자가 빙긋 웃으며 말했다.

"사실 요 며칠 동안 신이 미량의 독을 풀어서 수라에 올렸습니다. 몸에 큰 이상이 나는 독은 아니고 그냥 가벼운 두통이 나는 정도의 독을 풀었지요. 임금은 그것을 아무런 의심도 없이 아주 싹싹 남김없이 비웠더군요."

남자의 말에 대비와 중전이 침을 꿀꺽 삼켰다.

"그 어떤 의심도 없이 주는 대로 아주 맛있게 먹고 있다는 말입니다."

"그, 그럼 한 방에 그를 보낼 수 있는 독이 있는 것이냐?"

"그렇습니다. 무색무취하면서 무미인 독이 있지요. 한 방울만 먹어도 그 자리에서 피를 토하고 죽는 독이 있습니다."

남자의 말에 대비와 중전은 서로를 바라보며 연신 침을 삼켰다.

그렇게 두 사람은 한참을 말없이 바라보며 고민을 했다.

서로 결론을 내지 못하자 대비가 먼저 입을 열었다.

"어차피 저놈과는 같은 하늘 아래 살 수 없는 몸이다. 당장 실행하거라."

대비의 말에 중전은 그래도 지아비인데 이렇게까지 해야 하나 하는 표정으로 머뭇거리고 있었다.

"중전, 마음을 독하게 먹으시오. 우리 가문의 원수요."

"하오나, 마마. 그분은 저의 낭군이기도 하십니다."

"닥쳐라! 낭군이라니! 네가 제정신이더냐! 그자는 우리 집안의 원수다!"

복수에 이성을 잃은 대비가 중전에게 호통을 쳤다.

"다시 내 앞에서 그딴 소리를 지껄이면 아무리 너라도 가만두지 않을 것이다! 알겠느냐!"

6장

서슬 퍼런 대비의 호통에 중전은 고개를 숙이고 입을 다물었다.

대비는 그런 중전에게서 시선을 떼고는 남자에게 다시 한 번 말했다.

“내일이라도 당장 그 빌어먹을 놈의 입 안에 독을 처넣어라.”

“알겠사옵니다, 마마. 그럼 소신은 준비를 위해 이만 물러가겠사옵니다.”

그리 말하고 몸을 일으켜 종종걸음으로 나가는 남자를 싸늘한 눈빛으로 바라보는 대비였다.

남자가 완전히 사라지자 병풍 뒤에서 누군가가 나왔다. 대비는 기다렸다는 듯이 그에게 말했다.

"저놈이 독살에 성공하거든 그 자리에서 목을 베어 버려라."

대비의 말에 복면을 한 남자가 고개를 끄덕이고는 모습을 감추었다.

방 안은 대비의 넘실거리는 살기와 그 기운에 기가 죽어 있는 중전의 숨소리만 들려오고 있었다.

이들은 모를 것이다.

지금 자신들의 모든 대화를 임금인 영웅이 아주 생생하게 듣고 있다는 사실을 말이다.

그곳과 멀리 떨어진 강녕전에서 영웅은 책상에 턱을 괸 채로 저들이 하는 이야기를 전부 듣고 있었다.

"쯧쯧. 결국, 건널 수 없는 강을 건너려는 것인가."

영웅은 안타까운 마음이 들 뿐이었다.

그리 중얼거리고는 천민우를 불러 말했다.

"조만간에 쥐새끼가 올 것이다. 잡아라."

"충!"

천민우의 손에 누군가가 피투성이가 된 채로 영웅의 방에 질질 끌려 들어왔다.

그 시각 영웅은 식사를 하고 있었다.

"전하! 말씀하신 쥐새끼를 잡아 왔습니다."

천민우의 말에 영웅이 고개를 들어 그 남자를 바라보았다.

손에 들려 있는 남자는 바로 얼마 전 대비와 비밀 회동을 하던 남자였다. 영웅의 명령에 남자를 잡아 온 것이다.

"좀 많이 망가졌네?"

"죄송합니다. 저도 모르게 욱하는 바람에……."

"아니다. 내가 어떻게 데려오라고 따로 말은 안 했으니. 잘했다."

천민우가 이 남자를 이렇게 피떡으로 만들어 놓은 이유는 영웅에게서 이 남자의 죄목을 들었기 때문이었다.

자신의 주군을 암살하려는 자였다.

보자마자 분노가 치솟아 눈이 돌아갔던 것. 죽여서 데리고 오지 않은 것만으로도 칭찬받을 자격이 있었다.

극한의 인내심으로 절제하여, 죽지 않을 만큼 적당히 때렸다는 이야기니까.

공포에 질린 표정으로 부들부들 떨면서 자신을 바라보는 남자에게 영웅이 물었다.

"그래. 어느 음식에 독을 탔느냐?"

영웅의 물음에 남자의 동공이 세차게 흔들렸다.

자신 말고는 아무도 모르는 사실인데 너무도 당연하게 그것을 묻고 있었기 때문이었다.

"소, 소신은 모, 모르는 일이옵니다."

"몰라? 그럼 네놈이 먹어 보면 되겠구나? 어의니까 독이 들어 있는지 아닌지 정도는 알 수 있겠지?"

남자의 정체는 어의였다.

"임금의 건강을 책임져야 할 놈이 임금을 해하는 독을 넣다니. 네놈이 제정신이 아니구나? 아직도 천씨 일가의 세상인 것 같으냐?"

"아, 아니옵니다! 오, 오해십니다! 전하!"

어의기에 임금의 수라상에 접근이 가능했던 것이다.

왕의 건강 상태에 따라 수라상에 올라가는 재료를 조절하게 하거나, 직접 가서 상태를 확인하는 일을 하였기에 접근이 쉬웠다. 또한 왕의 건강을 위한 재료라며 자연스럽게 독을 음식에 섞을 수도 있었다.

그랬기에 어의는 임금이 가장 총애하고 믿을 수 있는 자를 곁에 두는 것이 일반적이었다.

하지만 영웅의 상황은 달랐다.

애초에 궁에서 나고 자란 것도 아니었고, 어의도 천씨 일가에서 붙여 준 그들의 사람이었다.

왕의 건강과 일거수일투족을 천씨 일가에 보고하는 역할까지 했다.

당황하는 어의를 수라상 앞으로 끌고 간 천민우는 그의 머리를 상이 있는 쪽으로 잡아당겼다.

그리고 나직한 소리로 말했다.

"말해라. 어느 음식이냐."

천민우의 말에도 어의는 두 눈을 질끈 감고 자신이 아니라고 우겼다.

"그럼 먹어 보래도?"

"제, 제가 어찌 저, 전하의 수라에 손을 대옵니까. 저, 절대로 그, 그럴 수는 없사옵니다."

"어허! 이놈이? 어명이다! 당장 먹지 못하겠느냐!"

영웅의 호통에 어의가 울상이 된 얼굴로 마지못해 음식들을 아주 소량 집어 들어 깨작거렸다.

"이놈이? 팍팍 집어 먹어라! 팍팍!"

결국, 어의가 바닥에 엎드리며 모든 진실을 이실직고하였다.

"저, 전하! 사, 살려 주시옵소서! 저, 저는 그저 대, 대비마마의 명에 따랐을 뿐이옵니다! 저, 정말이옵니다! 전하!"

엎드려서 싹싹 비는 어의를 보던 영웅이 미소를 지으며 말했다.

"알았다. 그러니까 어서 처먹거라."

"저, 전하."

"이놈이? 어명을 거역하는 것이냐? 어서 처먹으래도?"

"사, 살려 주십시오! 전하!"

그런 어의를 보며 영웅이 젓가락을 들었다.

어의는 이제 꼼짝없이 죽었다고 생각하며 고개를 숙였다. 왕이 저 젓가락을 이용해서 강제로 먹일 것이라고 생각한 것이다.

하지만 아무리 기다려도 음식이 자신의 입 앞으로 오질 않았다.

살포시 실눈을 떠서 보니 왕이 수라상에 있는 음식들을 아주 맛있게 먹고 있었다.

이게 무슨 상황인가 싶어 눈을 활짝 떴을 때 천민우가 왕을 만류하는 소리가 들려왔다.

"전하! 아, 아니 되옵니다!"

천민우의 말에 영웅이 웃으며 말했다.

"왜? 음식을 버리면 안 돼. 맛만 있구먼. 쩝쩝!"

"어, 어느 음식에 독이 들어 있는지 아직 차, 찾지 못하지 않았습니까! 저, 전하, 어서 뱉으시옵소서!"

천민우가 다급하게 외치자 영웅이 한 음식을 가리키며 말했다.

"여기에 들어 있네. 느낌이 그래. 맞지?"

육전을 가리키며 말하는 영웅의 모습에 어의의 동공이 다시 한번 세차게 흔들렸다.

그 모습에 영웅이 재밌다는 표정으로 말했다.

"너는 어디 가서 거짓말하지 말아라. 표정에 다 드러난다. 아주 대놓고 표현하네."

영웅의 말에 어의는 모든 것을 체념하며 수라상을 바라보았다.

그러자 영웅은 자신이 지목한 육전을 집어 드는 것이 아닌가.

어의는 이제 저 육전이 자신의 입에 넣어지리라 확신하고 정말로 모든 것을 포기했다.

저 육전 안에 들어 있는 독은 복어의 간에서 추출한 독이었다. 흡입하는 순간 무조건 죽는 독이었다.

그런데 그 육전이 영웅의 입으로 들어가는 것이 아닌가.

"저, 전하!"

천민우가 손을 뻗어 그 육전을 재빨리 낚아채려 했지만 늦었다. 영웅의 입 안으로 쏙 들어간 것이다.

우물우물-!

세상 맛있는 표정으로 복어 독이 들어간 육전을 씹는 영웅을 천민우와 어의 둘 다 멍한 표정으로 바라보았다.

아주 맛있게 씹어서 삼킨 영웅이 흔들리는 동공으로 자신을 바라보는 둘에게 말했다.

"맛있네. 이건…… 복어군. 복어 독이야. 맞지? 어라. 놀랐어? 나는 독에 면역이라 괜찮아."

독에 면역이라는 말에 천민우가 놀란 표정으로 물었다.

"도, 독에 면역이라니요?"

"응, 어떠한 독이라도 내 몸에 들어오면 영약이 되지. 그런 체질이야. 그냥 그렇게만 알고 있어."

그 말에 영웅을 잘 알고 있는 천민우는 그럴 수도 있겠다고 생각하며 고개를 끄덕였다.

반면에 어의는 눈이 튀어나올 정도로 놀란 표정으로 영웅을 바라보고 있었다.

말도 안 되는 소리를 하고 있었기 때문이었다.

독을 영약으로 바꾸는 체질이라니.

그런 체질은 듣도 보도 못했다.

아무지 권력에 굴복한 어의라지만 그래도 지식은 조선 최고라고 자부하는 자신이었다.

분명히 지금 임금은 앞으로의 독살을 미연에 방지하기 위해 수를 쓴 것이라 생각했다.

저 육전에는 독이 없다고 확신한 어의가 당당하게 말했다.

"그 육전에는 독이 없습니다! 제가 독을 탄 적이 없으니까요!"

그러더니 말릴 새도 없이 육전을 집어 들어 입 안으로 밀어 넣었다.

우물우물-!

임금의 수라상에 허락도 없이 손을 들이대다니.

당장 목을 쳐도 할 말이 없는 상황이었지만 영웅은 그냥 내버려 두었다.

"커헉!"

얼마나 많은 양을 집어넣었는지 삼키자마자 바로 반응을 일으키는 어의였다.

임금은 진짜로 독이 있는 육전을 먹고도 아무렇지 않게 앉아 있었던 것이다.

경악한 표정과 고통스러운 표정, 그리고 이제 자신의 삶이 끝났다는 체념 섞인 표정이 한데 어우러지면서 서서히 정신을 잃어 갔다.

그때 어의의 귀에 처음 듣는 단어가 들려왔다.

"리스토어!"

온몸의 근육이 경직되며 오는 고통이 서서히 사라지더니 몸이 상쾌해지기 시작했다.

다시 정신을 차려 보니 몸 안에 있던 독이 모조리 해독되어 멀쩡하게 돌아왔다.

이게 무슨 상황인지 몰라 어리둥절한 표정으로 자신의 몸을 바라보고 있자, 천민우가 호통을 쳤다.

"네 이놈! 주상 전하께서 네놈을 치료해 주셨는데 어찌 감사 인사도 하지 않는 것이냐!"

천민우의 호통에 어의가 말도 안 된다는 표정으로 영웅을 바라보았다.

그 순간 어의의 머릿속을 스치는 소문.

현 임금은 천신이라는 소문이 떠올랐다.

말도 안 되는 소문이라며 자신을 신격화하기 위해 일부러 퍼트렸다고 생각했는데 사실이었다.

신이 아니라면 불가능한 일이었다.

어의의 눈에서 눈물이 흘러내리더니 서서히 몸이 무너져 내렸다.

어의는 영웅의 앞에 부복하며 큰 소리로 외쳤다.

"저, 전하를 해하려 한 이 금수만도 못한 놈에게 어찌 이런 은혜를 베푸시는 것이옵니까! 전하! 소신은 살아 있을 자격이 없사옵니다! 부디 목숨을 거두어 주시옵소서!"

"뭐야. 기껏 살려 줬더니 다시 죽여 달래. 어명이다, 이놈아. 제명대로 천수를 다 누리고 살아라. 알겠느냐?"

영웅의 말에 어의는 엎드린 채로 들썩거렸다.

지금까지 자신의 인생을 통째로 돌아보며 반성하며 울고 있었다. 자신의 더러운 영혼이 정화받은 기분이 들었다.

어의는 진심을 담아 경건히 영웅에게 절을 올리며 말했다.

"소신의 목숨은 이제 전하의 것이옵니다."

어의의 목소리는 지금까지 자신의 이익을 위해 다른 이를 섬기던 것과 달리 진심이 담긴 목소리였다.

사실 대비가 자신을 독살하라고 한 증거 때문에 살린 것인데 워낙에 진심으로 감격해하니 그에 맞장구를 쳐 준 것뿐이다.

덕분에 어의는 억지가 아닌 진심을 담아 모든 사건의 전말과 이에 가담한 자들의 신상을 모두 영웅에게 넘겼다.

영웅은 자신을 독살하려 했던 자들을 모조리 잡아들였다. 놀랍게도 대궐에 있는 대부분이 대비에게 붙어 있었다.

그도 그럴 것이 이들에게 대비는 평생을 모셔 온 사람인 반면, 영웅은 어느 날 갑자기 등장한 이방인이었기 때문이었다.

그래서 대왕대비와 뜻을 함께하며 대비의 복수를 돕기 위해 힘을 모았던 것이다.

덕분에 대궐은 한바탕 난리가 났다.

뒤늦게 이 사실을 알게 된 차태성과 임시혁은 당장에 이들을 모조리 죽이겠다며 길길이 날뛰었다.

영웅이 말리지 않았다면 대궐은 피바다가 되었을 것이다.

이번 사건으로 대왕대비는 행궁으로 보내졌고 중전 역시 대비를 따라 보내졌다.

대궐에서 일하던 자들은 모조리 교체되었고, 그것도 모자라서 차태성이 새로 들어온 자들에게 절대적인 충성을 하게끔 최면을 걸었다.

이로써 영웅의 행보를 방해할 마지막 장애물까지 치워졌다.

영웅은 정부의 조직 체계부터 모조리 뜯어고쳤다.

현대세계와 비슷한 체계로 조직을 뜯어고치고 본격적으로 개혁을 시작했다.

제일 먼저 시작한 것은 위생이었다.

그에 단발령을 시행하고 모든 이의 머리를 자르라고 지시했다.

거대한 반발이 있을 줄 알았는데 의외로 사람들이 순순히 따랐다. 반발을 최소화하기 위해 많은 지원책들을 준비했는데 사람들이 왕의 명이라는 말에 조금의 주저함도 없이 자신들의 머리카락을 잘라 버린 것이다.

그만큼 임금에 대한 백성들의 신망이 하늘을 찌르고 있었다.

임금께서 자신들에게 해가 되는 정책을 할 리가 없다는 절대적인 믿음이 백성들의 마음속에 자리 잡은 것이다.

반면에 양반들에게는 임금에 대한 공포가 영웅을 따르게 하는 요인이 되었다. 특히나 영웅의 신위를 눈앞에서 본 자들이 앞장서서 머리카락을 잘랐다.

"내, 내가 먼저 본을 보여 주상을 향한 충성심을 보이겠다!"

"저놈 집안에 뒤처지지 마라! 우리 집안이야말로 주상께 충성을 해 온 뼈대 깊은 집안이다!"

이렇듯 양반들마저 반발 없이 따르자 다른 이들도 별말 없이 따른 것이다.

이렇게 영웅이 시도하는 개혁은 백성들의 적극적인 협조 아래 거침없이 진행되고 있었다.

울퉁불퉁하고 꼬불꼬불했던 도로를 반듯하게 확장하고 산을 깎아 직선 도로를 만들고 항구를 건설했다.

이 과정에서 시행착오가 벌어지고 많은 실패들이 이어졌다. 그래도 영웅은 절대로 현세에 있는 기술들을 그대로 알려 주지 않았다.

쉽게 얻은 것은 쉽게 사라진다는 것이 그의 생각이었다.

뿌리부터 강하게, 밑바탕이 튼튼해야 천년만년 유지될 국가가 완성된다고 생각했다.

물론 아주 맨바닥에서부터 시작한다면 점차 다가오는 위기에서 조선을 구할 수 없기에 기본 지식들은 전부 전해 준 상태였다.

그 지식을 온전히 흡수하는 것은 백성들의 몫이었는데 백성들은 스펀지가 물을 흡수하듯이 빠른 속도로 흡수해 갔다.

거기에 더해 과학이라는 학문이 유행처럼 번져 나갔다.

고통받던 자신들의 삶을 구해 준, 하늘이 내리신 임금이 극찬한 학문이라는 소문에 너도나도 할 것 없이 달라붙은 것이다.

덕분에 조선은 말도 안 되는 속도로 발전하기 시작했다. 여기엔 한국인의 종특인 '빨리 빨리'도 가미되었다.

또한, 기술 개발에 성공한 자에겐 임금이 직접 나서서 훈장을 수여하고 막대한 포상금을 지급했다.

이때의 조선에서 임금은 하늘에서 자신들을 구원하기 위해 강림하신 신이었기에, 많은 이는 신을 알현하기 위해 밤낮을 쉬지 않고 기술 개발에 몰두했다.

그렇게 국가 산업이 될 공장들이 지어지고 가옥들이 바뀌어 갔다.

병충해에 강한 볍씨가 공급되었고 각종 신문물들이 이 세상에 등장하기 시작했다.

세상은 엄청나게 빠른 속도로 변해 가고 있었다.

그렇게 조선에서의 시간은 흐르고 흘러갔다.

10년 후.

농촌의 풍경부터가 달라졌다.

네모반듯하게 펼쳐진 광활한 논은 황금빛으로 아름답게 물들어 있었다.

그것을 바라보는 농부들의 입가에는 연신 미소가 새겨지고 있었다.

"매년 이렇게 풍년이니 정말 농사지을 맛 나는구먼."

"그러니까 말일세. 주상께서 나라를 다스리고 나니 정말로 살맛 나는 세상이 되었어."

“이를 말인가. 처음에 주상께서 머리를 모두 자르라고 했을 때 살짝 마음속으로 반발했던 것을 매일 반성하고 있네.”

“아무렴, 우리 임금님께서는 절대로 백성들에게 해가 되는 일을 하시지 않으시지. 허허허허.”

백성들의 절대적인 지지와 믿음.

그것이 지금의 조선을 이끌어 가는 원동력이었다.

“자네 들었는가? 옆집 만수가 장교가 되었다더구먼.”

“만수가? 하긴, 그놈이 장군감이긴 하지. 늠름하고 다부지고.”

“이런 세상이 올 줄 누가 알았는가. 평민의 자식이 장교를 할 수 있는 세상이라니.”

“그러니까 말이야. 예전만 해도 천씨 일가 놈들에게 수탈을 당하며 하루하루를 눈물로 지새웠는데. 이제는 먼 옛날의 일 같으니.”

농부들 사이에서 끊임없는 웃음이 흘러나오고 있었다.

이런 웃음은 전국 어디서나 쉽게 볼 수가 있었다. 작금의 조선에서는 그 누구도 굶지 않고 배불리 먹을 수 있었으며 예전과는 다르게 사람들의 얼굴에 여유가 묻어나고 있었다.

단 10년.

영웅은 이 짧은 기간에 막대한 자금을 투입해서 나라를 발전시켰다.

자금과 인력, 그리고 백성들의 적극적인 협조.

잘살아 보자는 구호 아래 모든 백성들이 힘을 합친 결과였다.

한편, 영웅은 바쁜 나날을 보내고 있었다.

현세와 이곳을 오가며 정신없는 일상을 보내고 있었다.

그 과정에서 각성자 세상에 존재하는 아이템의 신기함을 다시 한번 깨닫는 영웅이었다.

자신이야 원래 나이를 먹지 않는 체질이라지만 자신을 따라온 자들은 그게 아니었다.

그런데 10년이라는 시간이 지났음에도 외형에 큰 변화가 없었다.

바로 그들이 지니고 있는 '불사조의 눈'의 효능 덕분이었다. 이 특수한 아이템은 이들의 노화가 진행되는 시간을 10분의 1로 줄여 주었다. 정확하게는 수명을 열 배 늘려 주었다는 것이 맞는 말이었다.

그렇기에 이들의 모습은 변화가 없는 것이다.

실제로 이들의 몸에 진행된 노화는 1년도 안 되었다.

"이곳에 온 지도 벌써 10년이 지났군요."

영웅이 누군가에게 말을 걸었다.

"그러하옵니다, 주군. 불민한 신의 요청 때문에 주군께서 이리 고생을 하시니……. 이제 그만하셔도 되옵니다. 이 정도면 조선의 백성들이 더는 무지하게 당하면서 살아가지 않을 것입니다."

영웅과 대화를 하는 남자는 천지회주인 독고영재였다.

천지회주가 원했던 강대한 조선을 위해 그동안 영웅이 얼마나 많은 노력을 해 왔는지 옆에서 지켜봐 온 그였다.

천지회주 역시 불사조의 눈을 지니고 있었고 그것은 원래 본인이 지니고 있던 것이었다.

오랫동안 장수하라고 천지회의 식구들이 구해서 그에게 전해 준 것이다.

그것이 그 많은 나이에 이곳에서 오랜 세월을 보냈음에도 그가 이렇게 멀쩡히 활동할 수 있는 이유였다.

그의 눈에는 어느새 감사의 눈물이 고여 있었다.

그런 그의 모습을 보며 영웅이 웃으며 말했다.

"그런 말씀 마세요. 저도 같은 민족입니다. 비록 우리가 알던 역사와 다른 세상이지만, 그래도 이들이 저와 같은 민족이라는 것은 변함이 없습니다. 하니, 이들을 강대하게 만드는 것은 제게도 큰 보람이 있는 일입니다."

"하오나 이곳에서 너무 많은 시간을 지체하고 계시지 않습니까. 주군께서는 현세에서도 해야 할 일이 많은 것으로 알고 있사온데……."

천지회주는 연신 죄송한 표정으로 굽신거리며 말하고 있었다.

그 모습에 영웅은 고개를 저으며 말했다.

"아시잖습니까? 현세와 이곳의 시간 차이를. 이곳에서는

10년이지만 현실 세상에서는 겨우 150일 정도 지났을 뿐입니다. 거기에 한 번씩 넘어가서 제 볼일은 보고 오니 크게 걱정하지 않아도 됩니다. 재미있기도 하고요."

"네? 재미가 있으시다니요?"

"사실 누구나 꿈꿔 오던 생각 아닙니까? 조선이 강대했다면 어떤 세상이 펼쳐질까 하고 말입니다."

영웅의 말에 이해가 되는 듯 고개를 끄덕이며 맞장구를 쳐주는 천지회주였다.

"그렇지요. 누구나 그런 상상을 해 보았을 것입니다."

"사실 사극만 봐도 울화통이 터졌는데 잘되었죠. 이렇게 대리 만족을 하고 있지 않습니까. 이런 기회가 또 언제 오겠습니까? 오히려 저는 이것이 하늘이 제게 준 선물이라고 생각합니다."

영웅이 행복한 표정으로 답하니 천지회주도 별말 없이 고개를 끄덕이며 웃었다.

"다행입니다. 주군께서 행복해하시니 소신이 더는 이 일에 대해 꺼내지 않겠습니다."

"네. 어차피 현실세상에서는 대학생이라 제가 직접적으로 나서서 해야 할 일도 없는데 잘되었죠. 그러니 제대로 키워 보자구요."

"허허. 알겠습니다."

"자, 그럼 제가 요청했던 일들은 잘 진행되고 있는지 한번 들어 볼까요?"

"허허허. 좋습니다."

천지회주는 자신의 인벤토리에서 책자 하나를 꺼냈다.

"현재까지 진행된 조선의 개발 상황을 지금부터 말씀드리도록 하겠습니다."

천지회주가 이것을 영웅에게 보고하는 이유는 이 모든 개혁의 관리를 자신이 맡고 있기 때문이었다.

자신 때문에 시작된 일이다.

그래서 자처하여 이렇게 모든 상황을 정리하고 관리하고 있었다.

거기에 영웅에게는 부족한, 사람을 다루는 능력이 타고났기에 현 조선에서 가장 중요한 역할을 하고 있었다.

천지회주는 지금까지 진행된 사항들이 아주 세세하게 적혀 있는 책자를 꺼내 하나하나씩 영웅에게 읽어 주기 시작했다.

"먼저 교육 부문입니다. 전국에 초등학교와 중학교, 고등학교까지 방방곡곡에 모두 개교 완료한 상태입니다. 올해부터 고등학교에 진학한 학생들이 나오고 있고 그중에서도 특출난 아이들이 대거 나오고 있다는 소식입니다."

천지회주의 보고에 영웅이 고개를 갸웃거리며 물었다.

"특출난 아이들?"

"네! 뛰어난 지능을 가진 아이들 말입니다. 이 아이들만 따로 모아 특별한 곳으로 보내고 있습니다. 이 아이들은 현재의 교육의 수준을 뛰어넘은 천재들이기에 고등부 교육이 필요치 않습니다. 하여, 특수한 학교를 설립하여 아이들을 그곳으로 보내고 있습니다. 한국으로 치면 카이스트라고 보시면 될 것 같습니다."

카이스트라는 말에 확 와닿는 영웅이었다.

"그렇게 뛰어난 아이들이 많습니까?"

"저도 놀랐습니다. 원래 역사였다면 천민이나 하층민의 자식으로 죽어 갔겠지요. 주군의 덕에 이렇게 세상에 그 빛을 보고 있는 것입니다. 그뿐 아닙니다. 한때 양반가의 자제들이었던 아이들보다 평민들이나 천민들의 신분이었던 아이들이 공부 열기도 더 높고 지능도 뛰어납니다. 이런 아이들이 단지 양반이 아니라는 이유로 배척을 당했으니 그리도 발전이 없었던 것이겠지요."

"그러니까 말입니다. 두려웠겠지요. 자신들이 무시하던 자들에게 추월을 당할까 봐. 그래서 더더욱 제재하고 억압을 했을지도 모르겠군요."

"신의 생각도 그와 같습니다."

천지회주가 고개를 조아리며 영웅의 말에 동의했다.

영웅의 표정이 환해지면서 고개를 끄덕였다.

"아무튼, 교육은 아주 잘 진행이 되고 있다는 말이군요."

"그렇습니다. 이건 제 모든 것을 걸고 자신 있게 말할 수 있습니다.”

“하하, 좋습니다. 다음은 뭡니까?”

천지회주가 보고서를 넘기며 말했다.

“과학 부문입니다.”

“그 부분은 아직 많이 뒤처졌겠지요?”

“아닙니다! 조선에는 셀 수도 없는 장인들이 있습니다. 그들에게 체계적으로 교육을 시키고 막대한 연구 자금과 지원을 아끼지 않았더니, 말도 안 되는 속도로 지식을 흡수했습니다. 현재 그들의 손에 개발된 것들을 나열하겠습니다.”

“오호. 그렇게 기술의 발전이 빠릅니까?”

“그렇습니다, 전하. 과학기술원이라는 곳을 설립하여 전국의 장인들을 불러 모았습니다. 그리고 그들에게 선진 문물을 익히게 하였습니다. 이들은 그동안 그런 지식에 목이 말라 있었던지 엄청난 집중력으로 그것들을 익히고 발전해 갔습니다.”

과학기술원.

이들이 있는 곳이었다.

현재 조선에서 가장 큰 연구 시설이 존재하는 곳이고 가장 삼엄한 경비와 막대한 자금이 들어가는 시설이었다.

그만큼 안에서 일하는 자들의 대우도 뛰어났고 그곳에서 일하는 사람들의 자부심 역시 하늘을 찌르고 있었다.

“전기 개발은 진즉에 완성되었고 현재 발전소에 관한 연구

가 모두 끝나 올해 안에 착공이 들어갈 예정입니다. 가장 먼저 수력발전소가 지어질 예정입니다."

영웅은 고개를 끄덕이며 천지회주의 보고를 들었다.

"또한, 증기기관이 아닌 내연기관 개발에도 성공했다고 합니다. 다만, 이 땅에서는 석유가 나오지 않는 터라……."

그 말에 영웅이 씨익 웃으며 말했다.

"그건 걱정하지 마세요. 이 땅에도 석유가 아주 콸콸콸 나오게 만들어 줄 테니."

영웅의 말에 천지회주가 화들짝 놀라며 물었다.

"네? 그게 가능합니까?"

"저를 못 믿으시는 겁니까?"

영웅이 눈을 가느다랗게 뜨며 묻자 천지회주가 손을 저으며 말했다.

"아, 아닙니다! 주군께서 하시는 일인데 제가 어찌 감히 의심을 품겠습니까. 다만 작은 호기심에 되물었을 뿐이옵니다. 용서해 주시옵소서."

천지회주의 말에 영웅이 미소를 지으며 말했다.

"간단합니다. 다른 곳에 있는 석유를 이곳으로 옮기면 될 일 아닙니까?"

순간 이게 무슨 말인지 이해가 되지 않는 천지회주였다.

다른 곳에 있는 석유를 어찌 한반도로 옮긴단 말인가.

그러자 영웅이 앞에 있던 물병 속의 물들을 끌어 올리더니 공기 중에 둥둥 떠오르게 했다.

이윽고 4차원의 공간이 열리더니 그 안으로 빨려 들어갔다.

그리고 다시 영웅의 손에 꺼내어져 물병 속으로 들어갔다.

"이렇게 하면 되죠."

눈으로 봐도 이해가 안 되었다.

방금 영웅이 한 것은 자신도 할 수 있는 일이었다.

영웅처럼 저렇게 자연스럽진 않아도 불가능한 일은 아니었다.

"사실 조선 반도를 전부 투시해서 둘러봤어요. 정말로 석유가 없는가 하고. 근데, 없더군요. 하지만 엄청난 크기의 빈 공간을 찾았어요. 그곳에 다른 곳의 석유를 옮기면 돼요."

마치 컵 속에 있는 물을 다른 컵으로 옮겨 담는다는 식으로 간단하게 말하고 있었다.

"그게 가능한…… 일입니까?"

"저는 가능하죠."

천지회주는 눈만 껌벅거렸다.

뭘 어떻게 가능하다는 것인지 가늠도 안 되었고 상상도 안 되었다.

"설명하려면 기니까 다음으로 넘어가죠."

"네? 네! 아, 알겠습니다. 다, 다음은 군사 부문입니다. 먼저 육군에 관해 말씀드리겠습니다."

군사 부문이라는 소리에 영웅의 눈이 초롱초롱하게 변했다.

조선이 서양 열강과 일본에 당한 가장 큰 이유가 바로 이것이었다.

아무리 문화가 발달하고 뛰어난 지식과 풍족한 자원을 가지고 있어도, 군사력이 약하면 그것은 언제 날아갈지 모르는 바람 앞의 촛불 같은 것이었다.

영웅이 원하는 군사력은 나라를 지킬 수 있는 군사력이 아니었다.

압도적인 군사력.

그 어떤 나라도 함부로 대하지 못하는 그런 압도적인 군사력을 원했다.

"M1칼빈을 밑바탕으로 한 소총이 국왕군과 특수부대에 모두 보급이 되었습니다. 또한, 이번에 대량생산 할 수 있는 공장이 완공되면서 전군 보급 또한 2년 안에 마무리될 것으로 보입니다."

"흠, 현재 육군의 수는?"

"현재 육군의 수는 35만 명입니다."

"보급에 관련된 것들도 잘 개발되고 있지요?"

"그렇습니다. 이미 통조림은 개발 완료되어 군수 물품으로 생산이 진행되고 있습니다."

"전차 개발은?"

"네! 셔먼을 기반으로 한 전차가 완성 단계에 돌입했습니다. 설계도가 있음에도 많은 시행착오와 실패가 있었습니다."

"그 실패와 시행착오가 나중에 큰 거름이 되겠지요."

"그렇습니다. 차세대 전차 개발도 바로 들어갔습니다."

그 후로도 천지회주는 육군의 현재 개발 상황을 아주 상세하게 설명했다.

이 시기에 존재하는 포들과는 차원이 다른 사거리를 자랑하는 후장식 포와, 쇠구슬이 아닌 폭발하는 폭탄까지.

"강해야 합니다. 그 무엇도 함부로 할 수 없을 정도의 막강함. 그것이 내가 원하는 군대입니다."

"소신이 최선을 다해서 그리 만들겠습니다."

"그렇다고 쉽게 저들이 그것을 이룩해서도 안 됩니다. 아시죠? 쉽게 얻은 것은 쉽게 사라진다는 것을……."

영웅의 말에 천지회주가 고개를 조아리며 대답했다.

"신! 명심, 또 명심하고 있습니다."

"하하! 좋습니다. 그럼 해군으로 넘어가 볼까요?"

"네! 원래 해군의 전함으로 전열함을 제작하려 하였으나, 시기상으로 그것은 오래 가지 않을 것 같아 바로 철선 개발로 넘어갔습니다. 곧 철갑선이 등장할 것인데 그보다 더 막강 하려면 철선으로 넘어가야 했습니다."

천지회주의 설명에 영웅은 연신 고개를 끄덕였다.

"이 철선은 가드륨이 소량 섞여 들어간 강철들로 만들어져 있기에 이 시대의 그 어떤 무기로도 상처 하나 낼 수 없습니다. 아니, 시일이 지나서 2차세계대전이 일어나도 이 배를 침몰시킬 수 없을 것입니다."

"오호. 가드륨에 그런 효과도 있습니까?"

"네. 그뿐 아니라 활용도가 무궁무진한 금속입니다. 오죽했으면 신의 금속이라 하겠습니까. 그러니 저 금속을 얻기 위해 그렇게 노력을 하는 것이지요."

천지회주의 말에 다음에는 저 가드륨을 얻을 수 있는 웜홀에 들어가 봐야겠다고 생각했다.

천지회주가 가지고 있는 각성자의 은총 반지와 블랙맘바를 치면서 그곳에서 얻은 목걸이를 차면 영웅도 일반 웜홀에 입장할 수 있었다.

천지회주에게 그 이야기를 했더니 아주 흔쾌히 허락했다.

아니, 오히려 자신의 반지를 영웅에게 바치려 했다.

그것을 사양한다고 얼마나 진땀을 뺐는지…….

어찌 되었든 가드륨은 생각지도 않았는데 그것을 이용해 더욱더 강력한 전함들이 생산되고 있다니 흐뭇했다.

그뿐 아니라 앞으로 생산될 차세대 전차와 전투기에도 가드륨이 들어갈 것이라고 말했다.

귀한 가드륨을 이렇게 써도 되냐 물었더니 천지회에 제법 양이 있다고 말했다.

나중을 위해 아껴 둔 것이라고 했다.

그 후로도 상업, 문화 등 전반에 관한 보고들이 이어졌고 그것은 밤늦도록 계속되었다.

광활한 우주 한복판에 영웅이 연신 어딘가를 두리번거리고 있었다.

"이상하네. 분명히 이 근처였던 것으로 기억하는데……. 이곳 세상에는 없나?"

우주에서 무언가를 열심히 찾으며 이 행성 저 행성을 순간이동 하며 날아다니는 영웅이었다.

"아씨, 이 은하가 아니었나? 분명히 봤는데."

무언가를 찾는데 그것이 보이지 않아 짜증이 났는지 연신 투덜거리고 있었다.

슈팍-!

그리고 다시 이동한 행성에는 온통 검은 색깔의 액체가 끝도 없이 드넓은 대지를 덮은 채로 출렁이고 있었다.

검은색 물로 이루어진 거대한 바다였다.

"찾았다! 그럼 그렇지."

영웅이 찾은 이 행성을 덮고 있는 저것의 정체는 바로 석유였다.

그것은 지구보다 큰 이 행성의 대부분을 덮고 있었다.

심지어 이 행성에 있는 석유는 지구에 존재하는 석유들보다 그 품질이 비교도 되지 않을 정도로 좋았다.

거기에 지구에 존재하는 석유에는 없는 특수한 물질이 섞여 있었다.

그 물질은 석유를 정제하여 만든 연료의 품질을 극대화하여 연비를 말도 안 되는 수준으로 올려 주었다.

그 어떤 이물질도 섞여 있지 않은 말 그대로 천연의 석유였다.

영웅은 석유의 바다를 향해 손을 흔들었다.

그러자 엄청난 양의 석유들이 영웅의 4차원 공간 속으로 끊임없이 빨려 들어갔다.

그렇게 한참을 밀어 넣고는 만족한 얼굴로 지구를 향해 순간 이동 했다.

지구의 조선으로 돌아온 영웅은 자신이 발견한 공간에 이 순수한 석유를 밀어 넣었다.

순식간에 공간을 가득 채우면서 한국은 세계에서 가장 많은, 그리고 가장 뛰어난 품질의 석유를 보유한 축복받은 땅으로 등극하였다.

그곳에 매장한 석유의 양은 중동에 매장되어 있는 양의 2배가 넘었다.

물론 사람들이 그것을 알 리가 없었지만 말이다.

"이 정도면 충분하겠지."

그리고 다시 영웅은 하늘을 바라보며 중얼거렸다.

"아까 금속들이 가득한 행성이 있었는데. 가서 쓸어 와 볼까?"

석유를 찾기 위해 이 행성 저 행성을 옮겨 다니다가 발견한 행성 중, 현재 조선에 필요한 금속들이 가득한 곳이 있었다.

그중에는 황금으로 이루어진 행성도 있었다.

영웅은 행복한 미소를 지으며 그곳으로 다시 순간 이동을 했다.

철종 16년.

시간은 다시 흘러 1866년이 되었다.

원역사였다면 철종이 죽고 대원군이 집권을 해야 할 시기였다.

또한, 세계열강이 조금씩 조선을 향해 그 날카로운 이빨을 들이미는 시기이기도 했다.

영웅은 심각한 표정으로 사람들에게 명하고 있었다.

"드디어 그날이 왔다. 알지? 셔먼호 사건. 들어오기 전에 나포해. 아직 조선이 세상에 알려져선 안 된다."

"알겠습니다."

"이미 해상에 저희 잠수함들이 철저하게 감시하고 있습니다. 보이는 즉시 작전을 실행하라 지시해 두었습니다."

잠수함까지 개발되어 조선의 해역을 철통같이 지키고 있었다.

또한 아직 부족한 성능이지만, 그래도 없는 것보단 나은 레이더까지 장착한 강철로 이루어진, 순양함까지 보유하고 있었다.

옆에 함포를 장착해 배를 돌려야 공격이 가능한 이 시대의 배와는 달리 포탑이 장착되어 있었다.

빠른 속도로 적이 있는 곳을 향해 돌아가 공격하기에 배를 돌리기도 전에 침몰시킬 수 있었다.

그래도 아직은 다른 나라의 눈에 띄는 것을 원치 않았던 영웅은 눈가리개용으로 범선도 몇 척 제작하여 보유하고 있었다.

물론 이 범선은 철갑을 두른 철갑선이었다.

군대의 대부분이 현대화 작업이 마무리되어 가고 있었고 비행기 개발도 막바지에 이르고 있었다.

조금만 시간이 지나면 말 그대로 세계 어느 나라가 와도 초전박살을 낼 수 있는 전력이 될 것이다.

물론 지금 가지고 있는 군사력만으로도 세계 최강이었다.

그 세계 최강의 국가에 세상 무서운 것을 모르는 상선 한 척이 유유히 서해로 들어서고 있었다.

그 배의 이름은 제너럴셔먼호였다.

"저곳인가?"

"그렇소. 저곳이 바로 조선이오."

"크크크. 당신은 목사이면서 왜 이리 조선을 미워하는 것이오?"

"그들은 나를 모욕하고 나의 신을 모욕했소."

"크크. 그들이 당신을 발도 못 들이게 해서 화가 난 것은 아니고?"

제너럴셔먼호의 선장 데이지가 능글거리는 웃음을 지으며 선교사 안토니오에게 말하자, 안토니오가 발끈하며 대답했다.

"아니오! 나는 단지 저 불쌍한 나라가 어서 하루빨리 하나님의 품속으로 들어갔으면 하는 마음으로 나선 것이오!"

"알겠소. 뭘 그렇게 흥분하고 그러시오. 듣자 하니 저 나라에 발도 붙이지 못하고 쫓겨나, 프랑스에서 이를 갈고 있다고 들었소. 사실이오?"

"나는 정치를 모르오. 다만, 그들의 자존심에 큰 상처를 받았다는 것은 알고 있지."

"하하하! 미개한 동양 놈들에게 당했으니 얼마나 분하고 열이 받았을까. 크크크크."

연신 자신과 자신의 나라를 비웃는 데이지에 열이 받았지만, 꾹 참았다. 여기서 자신이 화를 내 봐야 자신만 손해였다.

원역사에선 대원군의 천주교 금압정책(禁壓政策) 때문에 수많은 선교사와 천주교인 들이 박해를 당했어야 했다.

하지만 영웅은 그러지 않았다.

다만, 아예 들어오지 못하게 원천 봉쇄를 시켜 버렸다.

이들이 접근하지 못하게 해상에서 봉쇄를 했고, 프랑스는 그 해상 봉쇄를 뚫으려다가 참패를 당하고 이를 갈면서 도망을 쳤다.

역사는 어떻게든 이어진다고 했던가?

덕분에 프랑스는 조선을 향해 이를 갈고 있었고 다른 나라 사람들은 그것을 아주 흥미진진하게 바라보았다.

미국 역시 마찬가지였고, 셔먼호의 선장 데이지 역시 그것을 흥미진진하게 지켜본 사람 중 하나였다.

데이지는 선실로 들어와 바다를 바라보며 옆에 있는 항해사와 대화를 나누었다.

"프랑스가 조선을 압박하는 덕에 우리에게도 기회가 온 것이지. 중재를 미끼로 저들과 통상을 한다면 큰 이익을 얻을 수 있다."

"저들이 과연 우리의 말을 믿어 줄까요?"

"믿지 않아도 상관없어. 저들이 우리를 공격한다면 그것 또한 우리 미국에 좋은 빌미가 될 테니."

"빌미라니요?"

"프랑스처럼 우리도 공격을 당해 쫓겨났다고 하면 미국도 조선을 공격할 수 있는 명문이 생긴다. 그러니 어떤 결과가 나와도 상관이 없다는 소리지."

"우리는 일개 상선인데 정부에서 그 말을 믿어 줄까요?"

항해사가 걱정스러운 표정으로 묻자 선장이 미소를 지으며 말했다.

"걱정마라. 본국의 허락을 맡고 가는 것이니. 저 선교사를 대동한 것도 우리의 명분을 확실하게 하기 위함이다. 그렇게 알고 당분간 입 다물고 있어."

"알겠습니다."

본국의 허락하에 당당하게 나서는 것이니 더 두려울 것이 없었다. 그들은 힘차게 조선을 향해 전속 항진을 하였다.

그런 셔먼호를 바다 속에서 유심히 지켜보는 자들이 있었다.

그들의 정체는 조선 해군의 잠수함대였다.

"주상께서 말씀하신 놈들이 저놈들인가 보군."

"주상께서는 어찌 이런 것들을 다 알고 계실까요?"

"그분은 신이니까. 당연한 것이 아니겠느냐."

"맞습니다. 주상 전하께서는 저희를 구원하기 위해 강림하신 신이십니다."

조선에 천주교가 뿌리를 내리지 못하는 가장 큰 이유가 바로 이것이었다.

조선의 백성들이 믿는 신은 바로 현 조선의 임금, 영웅이었다.

절대적인 신앙으로 무조건적인 헌신을 하는 백성들이기에 그 어떤 종교도 쉽게 발을 붙이지 못했다.

심지어 원래 천주교를 믿던 자들도 개종을 할 정도로 영웅의 인기는 하늘을 찌르고 있었다.

거기에 자신들의 왕이 천신이라는 것을 굳게 믿고 있는 백성들의 사기 또한 하늘을 찌르고 있었다.

천신이 다스리는 나라의 백성이라는 자부심과 함께 말이다.

"주상의 말씀대로라면 저들은 조선에 해악을 끼치기 위해 오는 자들이다. 맘 같아선 모조리 수장시켜 버리고 싶지만 살려서 끌고 오라고 하셨으니……. 저들이 나타났다고 근위 함대에 연락하라."

"네!"

근위 함대.

정확한 명칭은 왕실 근위 함대였다.

현재 조선은 총 두 종류의 함대가 존재했다.

조선의 근해를 지키는 왕실 근위 함대.

그리고 오로지 전투만을 목적으로 하는 무적 전투 함대.

이렇게 구성되어 있었다.

무적 전투 함대는 현재 다섯 개의 함대로 구성되어 있고, 한 개의 함대가 12척의 강철로 이루어진 순양함과 구축함, 호위함으로 이루어져 있었다. 말 그대로 전투만을 위한 함대기에 최강의 함선들로만 구성되어 있었다.

전투 함대는 대양 곳곳을 누비며 훈련에 훈련을 거듭하고 있었다.

그리고 조선의 근해를 지키는 함대가 바로 근위 함대였다.

근위 함대는 철선이 아닌 장갑을 두른 철갑선을 주력으로 움직이고 있었다.

근해를 지키는 만큼 다른 이들의 눈에 잘 띄는 위치이기에 다른 나라의 눈을 속이기 위해서 철갑선을 배치한 것이다.

진짜 근위 함대는 섬 곳곳에 숨어 있었고, 진짜 근위 함대의 전력은 전투 함대와 비교해도 전혀 꿀리지 않을 정도로 강했다.

현재 근해를 당당하게 돌아다니고 있는 함선은 남들의 눈을 속이기 위한 철갑선들이었다.

이 시대에 흔하디흔한 철갑선이었지만 무장은 전혀 아니었다.

일단 사거리부터가 상대가 되지 않았다.

적들이 아무리 포를 쏘아도 닿지 않는 곳에서 조선의 근위 함대는 적들을 분쇄할 수 있는 사거리를 보유하고 있었다.

그런 근위 함대가 누군가를 기다리고 있었다.

"위치상으로 지금쯤이면 보일 때가 되었는데."

함장이 망원경으로 사방을 둘러보며 말하자, 옆에 있던 부관 역시 망원경으로 여기저기 둘러보며 대답했다.

"잠수함에서 잘못된 정보를 줄 리 없을 텐데 말입니다."

"그렇지. 우리 예상보다 그놈들의 배가 느리다면 조금 더 늦게 올 수도 있겠군."

함장이 망원경을 접고 주머니에서 사과를 꺼내어 베어 물었다.

아작-!

으적으적-!

"세상 참 좋아졌어. 이렇게 배 안에서 싱싱한 과일을 맛보고 말이야."

"주상 전하께서 전국 방방곡곡에 깔아 두신 철도와 고속도로가 이렇게 큰 역할을 할 줄은 몰랐습니다."

"그렇지. 처음에는 장수들이 극구 반대를 했다더군. 적들이 쉽게 쳐들어올 수 있는 통로를 만들어 주어선 안 된다며."

"네. 저도 들었습니다. 하지만, 전하께서 그러셨다죠. 반대로 우리 아군에 더 빨리 지원을 할 수 있다는 생각은 왜 안 하냐고요."

"크크크, 그렇지. 발상의 전환. 전하께서 항상 말씀하시는 얘기지."

"전하께서는 정말로 대단하신 것 같습니다. 그분의 치세 아래 조선은 불과 십 몇 년이 지났을 뿐인데 엄청나게 변했습니다."

"자네 말이 맞네. 하하. 그 크나큰 은혜를 갚기 위해선 우리가 맡은 바 일에 최선을 다해야 하네."

"함장님 말씀이 백번 옳습니다."

삐이익-!

그 순간 부저 소리가 들리며 견시수의 목소리가 들려왔다.

-전방에 정체불명의 이양선 출현!

들려오는 보고에 함장이 재빨리 망원경을 펼치고 전방을 바라봤다.

망원경의 동그란 원 안에 하얀 연기를 풀풀 날리며 다가오는 증기선이 포착되었다.

함장은 먹던 사과를 꿀꺽 삼키며 말했다.

"저것이군. 전군 전투 준비."

"전투 준비!"

"정체불명의 이양선을 향해 전속력으로 돌진하라!"

함장의 명령은 일사불란하게 전달되었고 사람들은 정신없이 움직이기 시작했다.

한편, 조선의 바다에 들어선 제너럴셔먼호에서도 난리가

났다.

"저, 저게 뭐야!"

"처음 보는 형태의 배입니다."

"배 주위로 철갑을 두른 것을 보아 철갑선의 일종으로 보입니다."

비상종이 울리고 선원들이 허둥지둥거리며 사방팔방으로 뛰어다니기 시작했다.

그때 선교사 안토니오가 그 철갑선 위의 펄럭이는 깃발을 보며 외쳤다.

"조, 조선! 조선의 배요!"

"뭐? 조선은 청나라보다 더 형편없는 곳이라고 하지 않았소! 저게 형편없는 나라가 보유할 법한 배라고 보시오?"

"나, 나도 모르겠소. 청나라 사람들에게 듣기로는 자신들보다 더 못살고 더 뒤처진 문명을 지닌 나라라고 분명히 들었는데."

"젠장! 그건 나도 들었소! 빌어먹을! 그 냄새나는 원숭이 놈들의 말을 듣는 것이 아니었는데! 당장 뱃머리를 돌려!"

선장의 호통에 선주인 프라이드가 달려 나와 말렸다.

"자네 제정신인가? 지금 우리 임무가 무엇인지 까먹었는가?"

"저걸 보십시오! 저게 그냥 평범한 배로 보이십니까? 저놈들 사거리에 들어가면 우리는 전부 끝장입니다!"

“저들이 미치지 않고서야 우리 미국의 배를 아무 이유 없이 공격하겠는가! 당장 배를 돌려!”

선주의 말에 선장이 짜증 나는 목소리로 소리를 질렀다.

“선장은 나야!”

“이 배의 주인은 나다!”

두 사람이 서로를 무서운 눈빛으로 노려보았다.

그러다가 선장이 먼저 눈을 돌렸다.

“젠장! 되는 일이 없군. 다시 뱃머리를 돌려라. 저들과 직접 만나 담판을 지어야겠다! 백기 올려!”

“알겠습니다!”

곧바로 배의 가장 높은 곳에서 하얀 백기가 펄럭이기 시작했다.

그것을 지켜보던 조선의 근위 함대의 함장이 미소를 지었다.

“목숨 귀한 줄 아는 놈들이군. 잘되었다. 생각보다 쉽게 전하의 명령을 수행할 수 있겠다.”

미소 가득한 함장을 태운 배는 셔먼호를 향해 열심히 바다를 가르며 나아가고 있었다.

한양의 경복궁.

턱을 괴고 심드렁한 표정을 하는 영웅의 눈에 세 명의 외국인이 비쳐지고 있었다.

"이들이야?"

"그러하옵니다. 전하."

"고생했네."

"서, 성은이 망극하옵니다!"

자신을 향해 부복을 하는 근위 함대의 부함장을 바라보며 살짝 미소를 지어 주고는 다시 눈을 돌려 부들부들 떨고 있는 세 명의 외국인을 바라보았다.

"이름이 뭐냐?"

영웅의 질문에 앞에 앉아 있는 사람들이 각자 자신들의 이름을 대답했다.

그들의 이름을 들은 영웅은 고개를 끄덕였다.

'역시 역사는 똑같이 흘러가도 역사 속의 인물들은 다른 사람들이군.'

영웅이 알고 있던 셔먼호 사건의 인물들과는 전혀 다른 이들이었다.

원역사의 셔먼호는 선주가 프레스턴이고 선장은 페이지였다.

그리고 이들을 조선으로 안내한 선교사는 토마스였다.

하지만 지금 자신의 눈앞에 있는 이들은 이름이 전혀 달랐다.

이곳에서의 셔먼호 선주는 프라이드였고 선장은 데이지, 선교사는 안토니오였다.

영웅이 눈을 가느다랗게 뜨고 그들에게 물었다.

"여기는 뭘 주워 먹으러 왔지?"

영웅의 입에서 유창한 영어가 흘러나오자, 세 사람은 경악하며 뒤로 넘어갔다.

엄청 놀란 것이다.

지금까지 돌아다닌 동양의 그 어떤 나라에서도 영어를 사용할 줄 아는 나라가 없었는데 조선은 달랐다.

많은 사람들이 영어를 알고 있었고 심지어 그 나라의 국왕은 거의 현지인 수준으로 영어를 구사하고 있었다.

"대답이 없군. 뭔가 수상한 짓을 하러 왔다고 생각해도 되겠지?"

영웅의 말에 정신을 차린 셔먼호의 선주, 프라이드가 다급하게 입을 열었다.

"아, 아닙니다! 저, 전하! 저희는 조선과 프랑스의 사이를 중재하고자 왔습니다. 정말입니다."

"하하하. 그것을 지금 믿으라고?"

"무, 물론 그 과정에서 조, 조선에게 잘 보여 토, 통상과 교역을 할 수 있다면 더 좋고요."

프라이드의 말에 영웅이 여전히 턱을 괸 채로 그들을 바라보았다.

그리고 자리에서 일어나 그들에게 향했고 프라이드의 목을 그대로 낚아채서 들어 올렸다.

순식간에 목을 잡힌 프라이드는 얼굴이 금세 빨개지면서 발버둥을 치기 시작했다.

그러거나 말거나 영웅은 전혀 힘들지 않은 표정으로 그들을 바라보며 한쪽 입꼬리를 올리며 말했다.

"나를 바보로 아는군. 우리 조선을 만만하게 보고 위협을 하러 온 것임을 내가 모를 줄 아는가?"

"컥컥! 저, 정말로 아, 아닙니다! 컥!"

그때 선교사 안토니오가 입을 열었다.

"그, 그만하십시오! 폭력은 좋지 않은 행동입니다."

그 순간 안토니오는 태어나서 처음으로 온몸에 소름이 돋는 것을 경험했다. 발끝에서부터 순식간에 밀려들어 오는 엄청난 공포가 그의 몸을 장악했다.

안토니오가 숨을 꺽꺽거리며 힘겹게 고개를 들어 올려 영웅을 바라보았다.

영웅의 눈은 온통 까맣게 변해 있었다.

'아, 악마!'

안토니오의 눈에는 영웅이 악마로 보였다.

자신과는 절대로 공존할 수 없는 자로 보인 것이다.

콰당탕-!

그렇게 공포에 떨고 있는 안토니오의 옆으로 프라이드가

거품을 물고 기절한 모습으로 내팽개쳐지고 있었다.

그에 조용히 이것을 지켜보던 선장 데이지가 억울한 목소리로 외쳤다.

"우리가 무엇을 어쨌다고 이러시는 것이오!"

제너럴셔먼호 사람들은 아직 큰 잘못을 하지 않았다.

그럼에도 이들을 잡아들인 것은 혹시 모를 애꿎은 백성의 피해를 막기 위함이었다.

역사대로 흘러간다면 이놈들은 무조건 깽판을 칠 것이고 그러면 반드시 죽거나 다치는 사람이 나올 것이다.

'그 꼴은 못 보지.'

하나하나가 소중한 백성들이었다.

그 누구라도 다쳐서는 안 된다.

그렇다고 아직 죄를 짓지도 않은 자들을 벌할 수도 없는 일이었다.

'저들을 어쩐다.'

원역사였다면 전부 죽은 목숨이었다.

그렇다고 함부로 조선에 풀어 둘 수도 없었다.

그들을 보며 한참을 고민하던 영웅은 입가에 흐릿한 미소를 지었다.

'이러지도 저러지도 못한다면 저들을 내 사람으로 만들면 되잖아.'

영웅은 자신을 두려운 눈빛으로 바라보고 있는 세 사람을 지그시 쳐다보았다.

그리고 서서히 영웅의 눈이 붉은색으로 변하기 시작했다.

원래 남을 세뇌시키는 짓을 잘 안 하는 행동인데 지금은 필요하다고 판단한 것이다.

'그래도 너무 심하게는 말고 적당하게.'

대충 조선에서 착하게 지낼 정도면 되었다.

여기서 영웅은 한 가지를 파악하지 못했다. 자신이 가진 모든 능력이 무림 세상에서 얻은 내공이라는 힘에 의해 한 단계 진화했다는 사실을 모르고 있었다.

당연히 지금 거는 세뇌에도 그 영향이 있었다.

잠시 동안의 세뇌가 끝나고 그들을 다시 바라보았다.

영웅이 건 세뇌는 간단한 세뇌였다.

그냥 조선이라는 나라에 애정을 가지도록 만들었다.

"저언하! 미천한 신들이 조선에 온 이유는 바로 미국 정부의 명을 받았기 때문입니다! 조선을 자극하여 조선이 우리를 공격하게 만드는 것이 저희의 소임이었습니다!"

갑자기 자신들의 죄를 줄줄이 말하며 참회의 눈물을 흘리기 시작하는 이들이었다.

"저는 감히 전하를 몰라뵙고 다른 신을 전도하려 하였사옵니다! 전하! 부디 죽여 주시옵소서!"

선교사인 안토니오 역시 눈물을 흘리며 외치고 있었다.

"어? 뭐야? 효과가 왜 이렇게 좋아?"

이들의 반응에 오히려 영웅이 당황했다.

자신이 건 세뇌는 이렇게 열정적인 것이 아니었다.

연신 자신들의 죄목을 말하며 벌하여 달라는 그들을 오히려 달래고 있는 영웅이었다.

"그, 그래. 그럴 수도 있지."

영웅의 말 한마디 한마디에 눈물을 흘리며 감격해 어쩔 줄 모르는 이들을 보며, 이게 무슨 일인가 갈피를 잡지 못하는 영웅이었다.

"이 몸이 죽는 한이 있어도 전하를 따르겠습니다!"

"저 역시 이제부터 전하의 충실한 종입니다!"

자신에게 충성을 맹세하는 이들을 바라보며 영웅이 뒷걸음질 치며 고개를 끄덕였다.

"그, 그래. 고, 고맙다."

누가 보아도 충성이 과할 정도로 넘치는 눈빛을 뿌리는 이들이었다.

"이제 그만 저들을 따라 나가 저들이 하라는 대로 하면 된다. 알겠느냐?"

"충!"

영웅은 안내원들을 따라 절도 있는 동작으로 나가는 저들을 보며 고개를 연신 갸우뚱거렸다.

도무지 이해가 되지 않는 상황이었기 때문이다.

"하아, 이게 무슨 상황이지? 뭐지? 이런 적이 없었는데?

간만에 사용해서 조절을 잘못했나?"

아주 살짝 걸었는데 효과가 너무나도 엄청났다.

영웅은 설마 하는 생각에 중얼거렸다.

"설마……. 나…… 더 강해진 건가?"

그것밖에는 이유가 없었다.

능력이 더 강해진 것이 아니고서는 조금 전의 셔먼호 사람들의 행동이 이해가 될 수 없었다.

그렇게 생각하니 웃음이 나왔다.

"뭐 강해지면 좋은 거지."

강해지는 건 좋은 거니 더는 복잡하게 생각하지 않고 넘어가기로 한 영웅이었다.

제너럴셔먼호가 조선으로 오고 다시 몇 년이라는 시간이 지났다.

그동안 셔먼호 사람들은 완벽하게 조선에 융화되어 살아가고 있었다. 아니 피부색만 다를 뿐이지 그냥 조선 사람이나 다름없었다.

처음엔 궁에서 한동안 조선에 대해 공부를 하였다. 이후 조선말을 어느 정도 익숙하게 구사하게 되고서야 밖으로 나갈 수 있게 되었다.

이미 영웅에게 최면이 걸린 상태라 그 어떤 조선인보다 영웅과 조선에 대한 충성심이 가득했던 그들이었기에 딱히 걱정은 하지 않았다.

밖으로 나온 셔먼호의 사람들은 엄청나게 발전되어 있는 조선의 모습에 경악을 했다.

동양뿐 아니라 그 어디서도 본 적이 없던 엄청난 높이의 고층 빌딩들이 즐비했고 거리는 뉴욕과 다름없을 정도로 깔끔하게 포장되어 있었다.

사람들의 행색과 복장은 깔끔했으며 저마다 얼굴에 여유가 묻어나고 있었다.

저것은 절대로 연기로 나올 수 없는 느긋함이었고 그만큼 조선이라는 나라가 얼마나 풍요로운 나라인지 깨닫게 해 주었다.

그들의 눈에는 조선이라는 나라가 정말로 환상의 나라였다.

거리 여기저기에 돌아다니는 잘빠진 자동차를 보며 신기해했으며 유럽이나 미국의 기차와는 달리, 완전히 깔끔한 기차를 보면서 감탄했다.

그들은 깨달았다.

조선이라는 나라는 자신들이 계몽을 해야 하는 미개한 나라가 아님을 말이다.

조선이라는 나라는 머지않아 세계를 호령할 절대적인 강

대국이 될 것이라 생각했다.

“이런 나라를 미개한 나라라고 하다니…….”

“조선이 미개한 나라면 우리 미국은 뭡니까?”

“저희 프랑스도 마찬가지입니다. 조선에 비할 바가 아닙니다.”

“이런 나라가 청의 속국이라고? 그 말을 한 놈의 주둥이를 찢어야 해.”

“반대 아닙니까? 청이 조선의 속국인데 잘못 들은 것이 아닙니까?”

엄청난 충격 속에서 그들은 조금씩 조선에 적응해 나갔다.

그 시간 동안 셔먼호 사람들도 그렇고 영웅도 미국이라는 나라에 대해 까마득히 잊고 있었다.

우연일까? 아니면 운이 좋았을까?

미국에서 출발한 배들이 조선의 인근에 접근하고 있었는데, 운이 좋았는지 그 배들은 조선의 배들에 걸리지 않은 채 유유히 서해를 거슬러 올라가고 있었다.

저 멀리 보이는 조선의 모습에 이 군함들을 이끄는 함대 사령관이 비웃으며 입을 열었다.

“크크. 이 나라는 별 볼 일이 없는 나라군.”

아직도 옛 방식을 고집하는 어촌의 풍경을 바라보며 하는 소리였다.

그 어부들에게는 지금 자신들이 입고 있는 옷이 작업복이었고 그 옷이 가장 편한 옷이었기에 입고 일을 하는 것인데, 그것이 미군들의 눈에는 변변한 옷조차 없어 기워 입어야 하는 불쌍한 나라로 생각하게 만들었다.

이는 미군들의 사기를 올려 주는 계기가 되었고 이후로 이어질 사태의 시발점이 되었다.

다섯 척의 미 함대가 배를 멈춘 곳은 인천의 앞바다였다.

그들의 등장은 빠르게 영웅의 귀에 들어갔다.

"뭐? 처음 보는 군함들이 인천 앞바다에 등장했다고?"

"그러하옵니다!"

신하의 보고에 영웅이 이마를 탁 치며 말했다.

"아! 이런. 그것을 깜박하고 있었군. 우리 함대들은 뭘 하고 있었기에 그들이 인천 앞바다까지 오는 것을 몰랐단 말이냐?"

"그, 그것이 당분간은 큰 위협이 없을 것이라는 전하의 말에 연안을 지킬 판옥선을 제외하고 모두 동해로 합동 훈련을 하기 위해 이동했습니다."

그 말에 영웅이 아차 하는 표정으로 고개를 끄덕였다.

"그렇지. 내가 훈련을 보냈구나. 그럼 지금 서해 쪽에 있는 배들은 판옥선이 전부란 말이냐?"

"아, 아니옵니다. 근위 함대가 훈련을 마치고 지금 막 목포를 통과하고 있다는 보고를 받았습니다."

"당장 연락해! 전속력으로 올라와 저들이 도망치지 못하게

막으라고!"

"알겠습니다!"

영웅의 말에 신하가 뛰어나가자 다른 내관에게 명을 내렸다.

"저들이 공격을 할 경우 우리 전력을 감출 필요 없다고 전하라! 신속하게 대응하여 저들에게 조선의 무서움을 보여 주라고 전해!"

"알겠습니다!"

내관까지 다급하게 뛰어나가는 것을 본 영웅이 자신을 자책했다.

"이런 멍청이가 그것을 까맣게 까먹고 있었다니."

잠시 자책하던 영웅의 눈빛이 차갑게 변했다.

"우리 아이들에게 조금이라도 피해가 있다면……. 후회하게 만들어 주지."

당장이라도 미국으로 날아가 미국이라는 나라를 날려 버릴 기세를 뿜어내는 영웅이었다.

지구상에서 가장 무서운 인간이 자신의 나라를 향해 살기를 날리고 있는 걸 알 리가 없는 미 함대는 연안에서 정신없이 움직이며 자신들을 향해 포를 조준하는 조선군을 보며 비웃고 있었다.

"저들의 포가 여기까지 날아올까? 안 올까? 내기할래?"

"싫습니다. 뻔히 질 내기를 제가 왜 합니까?"

자신의 부관을 바라보며 아쉬운 표정으로 다시 연안을 바라보는 사령관이었다.

"평화 협상을 위해 온 것이라고 확실하게 전령을 보냈지?"

"그렇습니다."

"하는 짓들을 보아하니 협상은 결렬인 것 같군."

"사령관님께서 가장 원하시던 그림이 아닙니까."

"크크크, 맞네. 내가 가장 원하던 전개지."

그때 조선에 평화 협상을 위해 온 것이라고 전하기 위해 내륙으로 향했던 장교가 돌아왔다.

"뭐라 하던가?"

막 귀환한 장교에게 사령관이 물었다.

"평화 협상을 원한다면 자신들이 결과를 말해 줄 때까지 군사적 행동을 금하고 이곳에서 대기하라고 합니다."

"크크크. 저들의 수도로 흐르는 강을 탐측하겠다고 말은 전했나?"

"전했습니다. 그 말을 하자마자 노발대발하면서 조금이라도 더 접근하면 침입으로 가정하고 공격하겠다고 엄포를 놓더군요."

"뭐? 크하하하. 저딴 허접하게 생긴 대포로 뭘 어쩌겠다는 건지."

"그래도 나름 총 비슷하게 생긴 것을 들고 있군요."

"저 짧은 총 말이냐? 총신이 저리 짧아서 총알이 뭐 얼마나 날아가겠느냐."
"그러니까 말입니다. 저것이 이들의 한계겠지요."
"되었다. 강행한다. 저들이 공격을 한다면 더할 나위 없이 좋은 일이지. 전 함대에 저기 저 강을 향해 항해를 시작하라 전해."
"네!"
미군 함대는 서서히 뱃머리를 돌리더니 자신들이 말한 강을 향해 서서히 전진하기 시작했다.
그들이 말한 강은 바로 한양까지 연결되어 있는 한강이었다.
쾅-!
자신만만한 미소로 함대의 전진을 지켜보고 있던 그때 연안에서 굉음과 함께 하얀 연기가 보였다.
"저들의 공격입니다!"
첨벙-!
배 바로 옆에 떨어지는 포탄의 모습에 사령관이 화들짝 놀란 표정으로 끼고 있던 팔짱을 풀었다.
"뭐, 뭐야? 포신이 저리 짧은 포의 사거리가 이렇게 길다고?"
놀라고 있는 그때 연안에서 다시 포를 쏘는 소리가 들려왔다.
펑-!

슈아앙-!

첨벙-!

두 번째 포탄 역시 바다로 빠졌지만, 아까와는 달리 배에 근접한 거리에 떨어졌다.

그제야 배 안의 사람들은 지금 저 포병들이 무엇을 하고 있는지 깨달았다.

"비, 빌어먹을! 저놈들이 지금 탄착지를 계산하고 있다! 당장 응전할 준비를 해!"

사령관의 외침에 각 함대에서는 난리가 났다.

비상종이 울리고 일사불란하게 공격 준비를 하는 미 함대였다.

하지만 늦었다.

퍼퍼퍼퍼펑-!

이번에는 한 발이 아닌 여러 발의 포탄이 발사되었다.

그 말은 곧 저들이 얼추 탄착점에 대한 수정을 마쳤다는 소리기도 했다.

"설마? 벌써?"

생각보다 빠른 시간에 수정을 하고 일제히 발사를 하자 선장은 경악했다.

슈아아아앙-!

아까와는 달리 포탄이 날아오는 소리가 섬뜩하게 느껴졌다.

첨벙– 첨벙– 첨벙–!

콰쾅–!

대부분이 빗나갔지만, 불행하게도 한 척에는 그런 행운이 오지 않았다.

단 한 방이었다.

단 한 방에 선체가 반으로 쪼개지면서 가라앉기 시작한 것이다.

끼이이익–!

철갑이 기이하게 꺾이면서 내는 소리가 나머지 군함에 있는 사람들의 등골을 오싹하게 했다.

아주 잠시간 동안 적막이 흘렀고 그 적막은 사령관의 경악이 뒤섞인 외침에 깨졌다.

"뭐, 뭐야? 이, 이게 무슨 일이야? 저, 저게 뭐야? 이 먼 거리를 날아왔는데도 저런 파괴력을 지닌 포탄이라니?"

"그보다 탄착점을 이렇게나 빠르게 수정한다고? 이게 가능해?"

말도 되지 않았다.

상식을 초월하는 속도와 파괴력은 그들이 이끌고 온 군함 중 한 척을 순식간에 가라앉혔다.

그 모습을 멍하니 바라보는 그들에게 다시 들려오는 포성.

퍼퍼퍼퍼펑–!

그 포성과 함께 정신이 번쩍 든 사령관이 목이 터져라 외쳤다.

“헉! 제. 젠장! 후퇴! 당장 배를 돌려! 저들의 사거리에서 떨어져야 한다!”

콰쾅-!

명령을 내림과 동시에 또 한 척이 피격되었다.

그 배는 선미가 피격되었는데 거대한 괴물에게 한 입 뜯겨 먹힌 것처럼 뭉텅이로 날아가 버렸다.

하지만 사람들은 지금 그것을 지켜볼 정신이 없었다.

자칫하면 전부 죽을 수도 있는 일이었기에 정신없이 후진하기 바빴다.

“빌어먹을! 노란 원숭이 놈들에게 이런 무기라니. 너무 얕보았구나!”

“어찌할까요?”

조선의 포 사거리를 벗어났다고 생각한 사령관은 다시 배를 멈추고 자신들을 공격한 조선군을 살기 가득한 눈으로 바라보며 말했다.

“일단 여기서 대기한다.”

“그러다가 저들의 해군이라도 나타나면 어찌합니까?”

“뭐? 해군? 이곳에 오는 동안 코빼기도 보이지 않던 놈들이다. 상황을 보아하니 저들은 육지 방어에 강한 나라인 것 같다.”

사령관의 말대로 이곳 인천 앞바다까지 오는 동안 바다에서 본 배라고는 어선이 전부였다.

사령관의 말에 부관 역시 고개를 끄덕이며 말했다.

"그럼 저들은 해군이 없다시피 하니 포를 강력하게 개량했을 가능성이 있군요."

"그렇지. 연안을 방어해야 하니 포의 사거리에 모든 역량을 쏟아부었을 수도 있다. 그러니 거리를 벌리고 방법을 생각해 보자."

"알겠습니다."

포의 사거리에 벗어났다고 안심하며 다시 생각을 정리하려는 그때였다.

퍼퍼퍼퍼펑-!

다시 포성이 인천 앞바다에 울려 퍼졌다.

포 소리가 들린 연안 쪽으로 다급하게 고개를 돌린 사령관이 경악하며 외쳤다.

"뭐, 뭐야! 서, 설마 이 거리까지 온다고? 그, 그럴 리가!"

믿을 수 없다는 표정으로 연안을 바라보는 사령관의 귀에 포탄이 떨어지는 소리가 들렸다.

슈우우웅-!

첨벙- 첨벙- 첨벙-!

정말이었다.

이 먼 거리까지 저 포탄이 날아오고 있었다.

"이런 미친! 그, 급하다! 더, 더 뒤로! 뒤로 당장 후퇴해!"

당황한 사령관이 손짓, 발짓해 가며 다급하게 명령을 내렸다.

사령관의 명령이 떨어지자마자 다시 배가 급속 후진을 하기 시작했다.

이들은 몰랐다.

지금 조선군이 일부러 배를 맞히지 않고 이들의 근처에만 포탄을 떨어뜨리고 있다는 사실을.

만약 그 사실까지 알게 된다면 그 자리에서 항복을 선언했을지도 모를 일이었다.

"저런 위력의 대포라니. 여기가 정말 조선이 맞아? 확실해?"

"마, 맞습니다!"

"빌어먹을! 아마도 제너럴셔먼호는 저 해안포에 맞아 침몰했을지도 모르겠군. 우리처럼 모르고 접근했겠지."

"그럴 확률이 매우 높습니다. 거기에 그 배는 상선이라 무장도 빈약했을 테니 말입니다. 이제 어찌할까요? 저희 함포는 저런 사거리가 나오지 못합니다."

수하의 말에 사령관의 이마가 종잇장 구겨지듯이 구겨졌다.

"끄응, 다가갈 방법이 없는가?"

사령관의 말에 옆에 있던 부관이 고개를 절레절레 저으면서 그 말에 답해 주었다.

"없습니다. 아까 보시지 않았습니까? 철갑으로 함선의 방어력을 올렸음에도 한 방에 두 동강이 나서 바닷속으로 가라앉는 것을 말입니다."

"젠장! 젠장! 젠장!"

쾅- 쾅- 쾅-!

사령관이 바닥을 발로 세차게 쿵쿵거리며 분을 삭였다.

그러자 옆에 있던 부관이 그런 사령관을 말리며 말했다.

"사령관님! 진정하십시오. 현재로선 저희가 할 수 있는 방법이 없습니다. 조선이라는 나라가 저런 포로 무장을 했다는 것을 알게 된 것만으로도 큰 수확이지 않겠습니까?"

다음 권으로 이어집니다